# अनुगूंज

(कहानी संग्रह)



बाल कृष्ण सक्सैना

डायमंड बुक्स

www.diamondbook.in

**प्रकाशक : डायमंड पॉकेट बुक्स प्रा. लि.**
X-30 ओखला इंडस्ट्रियल एरिया, फेज-II
नई दिल्ली-110020
फोन : 011-40712200
ई-मेल : sales@dpb.in
वेबसाइट : www.diamondbook.in

**ANUGOONJ**
By : Bal Krishna Saxena

# समर्पण

यह कहानी-संग्रह 'अनुगूंज' सप्रेम समर्पित है
मेरे सुपुत्रों
मनु कृष्ण सक्सैना
एवं
रोहन कृष्ण सक्सैना को,
जिनके जन्म से मेरा जीवन ऊर्जावान हुआ
और
जिनका बाल्यकाल मेरे लिए सदैव अविस्मरणीय रहेगा।

# अन्तर्मन से

समस्त सृष्टि के प्राणी, चाहें जल, थल य नभ में विचरते हों, वृक्ष डाल या पात हों या फिर पौधे और फूल, यहां तक कि निर्जीव कहे जाने वाले पाषाण भी, क्या नदी-नाले, सागर य जलाशय, सब ही तो लेखक को प्रेरणा देते हैं। परन्तु एक सबसे बड़े प्रेरणा स्रोत को हम अनजाने में अनदेखा कर जाते हैं। मेरा मानना है कि समस्त साहित्यकार, लेखक व कहानीकार जो कि अपनी अमूल्य रचनाओं से एक प्रेरणा स्रोत का सृजन करते हैं, वह अनेकानेक भावी लेखकों को अपनी लेखनी चलाने को प्रेरित करते रहते हैं। साहित्य धारा के इस अविरल प्रवाह को बदस्तूर बहने में इनका अमूल्य योगदान रहता है जिसके लिए सभ्य समाज सदा उनका आभारी रहेगा।

मेरी हार्दिक इच्छा रहती है कि मैं अधिक से अधिक प्रासंगिक विषयों, समस्याओं व मुद्दों को कहानियों के माध्यम से पाठकों तक पहुंचाता रहूं। इस ही प्रयास में एक कड़ी और जोड़ते हुए, 'स्मृति गंध' के बाद अपना दूसरा कहानी संग्रह प्रस्तुत कर रहा हूं।

कहानी लेखन का एक आवश्यक पहलू होता है कहानी के पात्रों का कुशल चयन, परन्तु उससे भी अधिक महत्त्वपूर्ण होता है उनके हुलिये का सही-सही ख़ाका खींचना। अर्थात पात्रों की मुखाकृति, शरीर की बनावट, शक्लो-सूरत का ब्यौरा, रूपरंग आदि बारीकी से बयान करना ज़रूरी हो जाता है। पात्रों की चाल-ढाल, हाव-भाव, भाव-भंगिमा, वार्तालाप के तरीके आदि की विस्तृत व्याख्या करने से पाठक के हृदय पटल पर कहानी की रूपरेखा के अनुरूप ही पात्रों का चित्रण बैठ जाता है। यदि ऐसा करने में कहानीकार सफ़ल हो जाए तो कहानी के पात्र स्वयं ही जीवंत हो उठते हैं। यही एक सफ़ल और अच्छी कहानी लेखन के मूलमंत्रों में से एक है।

यह आवश्यक नहीं है कि सच्ची कहानी ही अच्छी कहानी होती है और न ही यह सत्य है कि प्रत्येक अच्छी कहानी सच्ची ही होती है। कल्पना आधारित कहानियां यदि समाज को कोई सार्थक व मज़बूत संदेश दे सकें, पाठकों को गहनता से सोचने को मजबूर करें, या किसी समस्या को उजागर कर सकें, तब ही वह अच्छी कहानी की श्रेणी में

आती हैं। इसके साथ ही यह भी सत्य है कि कल्पित कहानी जितनी भी यथार्थ के निकट या इर्द गिर्द होती है, उसकी गुणवत्ता उतनी ही बढ़ जाती है। कहानियां पूर्णतयः कल्पित नहीं होतीं, उनका उद्गम किसी न किसी स्रोत से तो होता ही है। अर्थात प्रत्येक कहानी की भी एक कहानी होती है। यहां तक कि किसी व्यथित य पुलकित चेहरे की एकमात्र लकीर ही एक महाग्रन्थ-महाकाव्य को जन्म दे सकती है।

अपने विचारों को व्यक्त करने की उत्कृष्ट लालसा ही एक लेखक का ध्येय होती है। मानव जीवन अपने में अनेकानेक रंगों, अनुभूतियों, रसानुभावों को समेटे रहता है और इन्हीं सब भावों को अपनी लेखनी के माध्यम से अभिव्यक्त कर लेखक सजीव उदाहरण प्रस्तुत करता है। चारों ओर विचरते जन-जीवन की घटनाओं को अपने मौलिक विचारों के सांचे में ढालकर, सहज शब्दावली से सुसज्जित कर, कुछ हास्य व व्यंग्य का छौंक लगाकर कहानी का सृजन करना ही तो प्रत्येक कहानीकार का उद्देश्य होता है।

स्मृति गंध के सब पाठकों को सहृदय धन्यवाद देता हूं जिन्होंने दूरभाष और ई-मेल के माध्यम से मेरी रचनाओं की सराहना कर मुझे प्रोत्साहित किया। उनसे भी अधिक उन पाठकों का आभार प्रगट करता हूं जिन्होंने अपने अमूल्य सुझाव देकर और रचनात्मक आलोचना से मेरा मार्गदर्शन किया है। आशा करता हूं कि यह कहानी संग्रह भी पाठकों की कसौटी पर खरा उतरेगा। हृदय में उमड़ते विचारों को बाहरी दुनिया से साझा कर व उनसे एक प्रकार का संवाद स्थापित करने को आतुर मन कहानियों के माध्यम का सहारा लेता है। मेरे मन में कुछ घटनाएं, पात्र व सूत्र इस तरह से स्थापित हो चुके हैं कि मैं उन्हें प्रस्तुत किए बिना रह नहीं सकता। यहां तक कि कुछ पात्र तो मेरे कान मरोड़ कर मुझे लिखने को बाध्य करते हैं। मेरा अथक प्रयास रहेगा कि आधुनिक परिवेश में व यथार्थ पर आधारित कहानियों का संकलन पाठकों की सेवा में पेश करता रहूं। प्रस्तुत कहानी संग्रह 'अनुगूंज' इसी प्रयास की ओर एक और कदम है।

बाल कृष्ण सक्सैना

# अनुक्रमणिका

# हाफ़ डे लीव

करीब 9-30 का समय था और पूरे ऑफ़िस में साफ़-सफ़ाई हो चुकी थी। स्टैनो गोम्स अपनी मेज़ पर रखे कम्प्यूटर को कोने में धकेल कर, ए4 साइज़ के सफ़ेद काग़ज़ मेज़ पर बिछाकर, आलू के परांठे और चाय का नाश्ता कर रहे थे। साथ ही अपने मोबाइल पर चल रहे गाने की ताल के साथ-साथ अपना सिर भी मटका रहे थे। ऑफ़िस में गोम्स जी सबसे पहले पहुंचते थे। उनकी पत्नी बैंक ऑफ तोक्यो की शाखा, जो कि उनके ऑफ़िस के बिलकुल पास ही थी, में कार्यरत थीं। इन विदेशी बैंकों का अनुशासन भी कमाल का होता है। कोई कर्मचारी देर से आने की सोच भी नहीं सकता। इसलिए गोम्स जी ने नियम बना रखा था कि पत्नी को साढ़े नौ बजने से पांच मिनट पहले ही अपनी बाइक से बैंक शाखा पर छोड़ कर ही अपने ऑफ़िस आते थे। आमतौर पर जल्दबाज़ी में और समय के अभाव के कारण घर पर नाश्ता नहीं कर पाते थे। पत्नी को घर में ही नाश्ता करवाते और खुद ऑफ़िस में आकर इत्मीनान से नाश्ता नोश फ़रमाते थे। इस प्रकार वह ऑफ़िस में अपनी पंक्चुऐल्टी का रिकार्ड भी बना चुके थे।

आफ़िस में समय से आने वाले दूसरे व्यक्ति सीता राम जी थे, जिनके छोटे भाई दिल्ली दूरदर्शन में बहुत उच्च पद पर आसीन थे। दूरदर्शन में तो समय की पाबन्दी ही मूल आधार होता है, इसलिए उन्हें घर से आने-जाने के लिए ऑफ़िस की ओर से ड्राइवर समेत सरकारी गाड़ी का इन्तज़ाम किया गया था। बस इस ही सरकारी गाड़ी में सीता राम जी मुफ़्त की चड्डी का मज़ा लेते हुए रोज़ाना ठाठ से आफ़िस आते थे। इस प्रकार सीता राम जी का भी समय पर आने का अच्छा रिकॉर्ड बन गया था।

तीसरे पंक्चुऐल कर्मचारी थे सोनीपत से आने वाले सलूजा जी। सोनीपत से दिल्ली पहुंचाने वाली ट्रेन सुबह नौ बजे ही उन्हें नई दिल्ली स्टेशन पर ला पटकती थी। यदि यह ट्रेन छूटी तो आफ़िस की छुट्टी, क्योंकि अगली ट्रेन बारह बजे की थी। उन्हें मजबूरन केवल यही ट्रेन पकड़नी पड़ती और पौने दस तक ऑफ़िस पहुंच जाते और अपनी पंक्चुऐल्टी की डींग मारते कभी न थकते थे।

और चौथे समय के पाबन्द थे रामचरण पांडे जी, जो कि रायसीना रोड पर स्थित एक राजनेता को आबंटित सरकारी बंगले के सर्वेन्ट क्वार्टर में किराए पर रहते थे। क्वार्टर में नेता जी के इलाके से आए दिल्ली में कार्यरत लोग भरे हुए थे। एक के सिर पर एक सवार रहता था। ऐसे हालात में पांडे जी क्वार्टर के गर्मी और घुटन भरे माहौल से निजात पाने के लिए सुबह जल्द से जल्द क्वार्टर छोड़ कर ऑफ़िस के वातानुकूलित माहौल में आना ही बेहतर समझते थे। सो सुबह झटपट तैयार होकर घर से चप्पल फटकारते हुए पैदल ही ऑफ़िस आ धमकते थे। वह भी सदैव अपनी समय की पाबन्दी का ज़ोरों से दम भरते थे।

पी.एस.यू के इस विभाग में बॉस समेत कुल पच्चीस-छब्बीस सीनियर-जूनियर कर्मचारी थे जिनमें से केवल यह चार ही व्यक्ति थे जो ऑफ़िस में समय से आने वाले जाने जाते थे। ऐसा नहीं था कि यह चारों कर्मठ या समय के पाबन्द थे, अपितु ऑफ़िस में समय से पहले आना उनकी मज़बूरी थी। ज़ाहिर है कि वह अपनी ग़रज़ को ही समय पर आने के लिए बाध्य थे, वरना सारे आफ़िस का ढर्रा तो कुछ और ही कहता था। ऑफिस के बॉस श्री रामास्वामी को छोड़कर अन्य सभी कर्मचारी साढ़े दस से ग्यारह के बीच मस्ती से टहलते हुए आते रहते थे।

गोम्स जी ने चाय नाश्ता समाप्त करने के बाद काग़ज़ों से अपनी मेज़ साफ़ कर के काग़ज़ों का गोला बनाकर एक कोने में उछाला ही था कि अचानक चोपड़ा जी हैडफ़ोन कानों में लगाऐ, सीटी बजाते हुए हॉल में दाखिल हुए। काग़ज़ी गोला उनके बायें गाल पर जा लगा तो चौंक कर रुक गए।

सकपका कर गोम्स जी बोले, ''अरे सॉरी चोपड़ा यार, वैरी सॉरी, मैंने देखा ही नहीं था।''

''भूतनी के कितनी बार रामास्वामी ने तेरे को डांटा है यह, ए4 कागज़ प्रिंट लेने के लिए होते हैं, तेरे खाना खाने या हाथ पोंछने के लिए नहीं।''

''ओए एक दो काग़ज़ से क्या फ़र्क पड़ता है। अच्छा यह बता आज इतनी जल्दी ऑफ़िस कैसे आ गया? तू तो कभी ग्यारह बजे से पहले आता ही नहीं।''

''आज मेरा हाफ़ डे है न, मैंने हाफ़ डे की छुट्टी ले रखी है, सोचा चलो आज तो टाइम से ऑफ़िस पहुंचा जाए।''

बातचीत सुनकर सीता राम, सलूजा, पांडे जी आदि जमघट लगा कर इकठ्ठा हो गए। चोपड़ा जी ने अपनी दास्तान जारी रखी, ''मेरे जीजा जी आज कैनेडा वापिस जा रहे हैं। दो बजे लुधियाना से आयेंगे। उनको शाम को कैनेडा की फ़्लाइट में बिठाना है।''

"यार तेरी तो एक ही बहन है और एक ही तेरे जीजा जी हैं जो कि दिल्ली नगर निगम के मलेरिया विभाग में काम करते हैं। यह नए कैनेडा वाले जीजा जी कहां से टपक पड़े?" सलूजा ने कटाक्ष किया।

"यह मेरी कज़िन सिस्टर वाले जीजा जी हैं। कैनेडा में बहुत बड़ा बिज़नेस है। बहुत पैसे वाले हैं लेकिन मेरी बड़ी इज्ज़त करते हैं।"

"वाह भई वाह! क्या बात है, फिर तुझे अपने साथ कैनेडा क्यों नहीं ले जाते, यहां काहे फ़ालतू में धक्के खा रहे हो।" पांडे जी बोले।

"अगर मैं जाने को कहूंगा तो कभी मना नहीं करेंगे, हमारा आपस में बहुत प्यार है, अरबोंपति है, अरबोंपति। हम भी उनकी बहुत इज्ज़त करते हैं। सगे जीजा जी से भी बढ़ कर हैं मेरे कैनेडा वाले जीजा जी, हमारा आपसी रिश्ता तुम्हारी समझ से बाहर है।"

कुछ कर्मचारी अपने-अपने मोबाइल फ़ोन पर बातचीत में व्यस्त थे और हॉल में काफ़ी शोर हो रहा था। तब ही सीनियर कर्मचारी सीता राम जी बोले, "अरे चलो सब अपनी-अपनी सीट पर, साढ़े दस बजने वाले हैं, मोबाइल पर बातें बन्द करो और काम शुरू करो।

एक बोला "साहब क्या अभी तक नही आए?"

"वह तो सुबह साढ़े नौ से पहले ही आ जाते हैं। आज उनके आते ही जी.एम. साहब ने उन्हें बुला लिया था।" सीता राम जी बोले, "और अब वह किसी भी क्षण आ सकते हैं, मजलिस एकदम बर्ख़ास्त करो।"

सब अपनी-अपनी मेज़ों पर गए, और फाइलें आदि निकालनी आरम्भ कर दीं। ग्यारह बजते ही सब्सिडाइज़्ड कैन्टीन से कबीर ख़ान चाय-पकौड़े लिए पहुंचा तो सब पकौड़े की ट्रे की ओर लपके, भला सब्सिडी वाली 1रु. की चाय और 1रु. का पकौड़ा कोई छोड़ता है क्या? केतली से सबके गिलासों में चाय उड़ेली गई। अब सीटों पर बैठे-बैठे चाय की चुस्की लेते हुए सबकी बातचीत चलती रही। चोपड़ा साहब अपने कैनेडा वाले जीजा जी का बख़ान करते हुए बाकी लोगों को हॉफ़ डे लीव लेने की वजह बता रहे थे। जीजा जी से अपनी नज़दीकियां बता कर वे गौरवान्वित महसूस कर रहे थे जबकि सहकर्मी उनकी बातों से उकता चुके थे और मन्द-मन्द मुस्कुरा रहे थे ।

तभी दूसरे सीनियर एकाउन्टेंट हरि किशन जी, जिनके आधीन चोपड़ा जी थे, कुछ डांटते हुए लहज़े में बोले, "चोपड़ा जी अब अपना जीजा पुराण बन्द करो, कुछ काम कर लो।"

उन्होंने चोपड़ा को एक बंडल थमाते हुए कहा, "देखो ये मैडिकल क्लेम के 26

बिल हैं जो आपने पिछले सप्ताह पास किए थे। इनमें से मैंने पाया कि 8 क्लेम ग़लत हैं और अधिकृत सीमा से बाहर हैं, चार में टोटल की ग़लती है और सात में दवाइयों के बिल संलग्न नहीं किए गए हैं। इतनी सारी ग़ल्तियां, कैसे चैक करते हो? इन सब को दोबारा चैक करो।"

"ओह सॉरी सर, मैंने जल्दी-जल्दी में चैक किया था न इसलिए ग़लती रह गयी होगी। अब तो साढ़े ग्यारह बजने वाले हैं, आज तो मेरा हॉफ़ डे है, आज नहीं कर पाऊंगा, एक बजे तो मुझे जाना है।"

"तो फुल डे में तुम कौन से तीर चला लेते हो। हॉफ़ डे है तो कुछ करोगे भी या नहीं, हॉफ़ डे में डेढ़ बजे तक तो काम करना होता है, अभी तो दो घण्टे बचे हैं।"

"सर मुझे जीजा जी को लाल किले से लेना है, एक बजे चलूँगा तब ही तो समय से पहुंचूंगा। प्लीज़ सर, हॉफ़ डे लीव में एक बजे तो जाना बनता ही है।"

हरि किशन जी समझ गए कि आज इसकी नीयत कुछ भी काम करने की थी ही नहीं। उनको पता था कि वह बहुत कामचोर है इसलिए बहस करना ठीक न समझा।

रामास्वामी जी बारह बजे मीटिंग से वापिस आए और अपनी केबिन के दरवाज़े पर रुक, "मिस्टर चोपड़ा प्लीज़ कम इन" कहते हुए अन्दर चले गए। चोपड़ा जी के अन्दर आने पर उनको एक फ़ाइल देते हुए कहा, "यह प्रिन्टिंग व पब्लिसिटी विभाग की फ़ाइल है, हमारे और उनके ख़ाते में कुछ ऐन्ट्री मेल नहीं खा रही हैं। दूसरी मंज़िल पर जाकर उनके डीलिंग असिस्टेंट से ऐन्ट्री मैच कर लो।"

चोपड़ा जी असमंजस में, क्या करें, वह तो आज ऑफ़िस में केवल तफ़री करने आए थे, कुछ ठिठक कर बोले, "लेकिन सर मेरा तो आज हॉफ़ डे है न, अब तो बारह बजने वाले हैं। इस काम में तो बहुत टाइम लगेगा, आज नहीं कर पाऊंगा सर। आज तो मैं 10 बजने से पहले ही आकर काम कर रहा हूं। अब और नहीं कर पाऊंगा, आई एम वैरी सॉरी सर। आई हैव टेकन हॉफ़ डे लीव सर।"

रामास्वामी जी ने फ़ाइल मेज़ पर पटकते हुए कहा, "जाओ अपनी हाफ़ डे लीव पर, आइ विल मैनेज माइसैल्फ़" वह जानते थे कि चोपड़ा कोई न कोई बहाना लगा कर काम टालने में माहिर है।

चोपड़ा जी वापिस आए, कुछ देर अपनी मेज़ पर बैठे, दराज़ दो-चार बार खोली बन्द की, कुछ और साथियों को हॉफ़ डे लीव लेने की वजह बताई। पौने एक बजे बाथरूम गए, फ़िर हरि किशन जी के पास जाकर बोले, "सर जी जाऊं क्या, एक बजने वाला है, इतनी देर में कुछ और काम तो हो नहीं सकता?"

“जाओ बाबा जाओ, मुझे तो काम करने दो, हॉफ़ डे लीव लेने से अच्छा था कि तुम आते ही नहीं। बहुत मेहरबानी की हॉफ़ डे लीव लेकर, ऑफ़िस में केवल हाज़री लगाने आए थे क्या?”

“ईमानदार बंदे की तो कदर ही नहीं है सरकारी ऑफ़िसों में, यही तो समस्या है हमारे देश की” चोपड़ा जी बड़बड़ाते हुए बाहर निकल गए।

हरि किशन जी और सीता राम जी बहुत मेहनती ऑफ़िसर थे और सबके काम का वही निरीक्षण करते थे। हर सरकारी संस्था में केवल कुछ ही व्यक्ति ईमानदारी से काम करते हैं और संस्था की रीढ़ की हड्डी जाने जाते हैं। हरि किशन जी ने तुरन्त अपने डैस्कटॉप पर एक नोट बनाया और हॉफ़ डे लीव को हटाने की सिफ़ारिश करते हुए वह नोट रामा स्वामी जी को ई-मेल से भेज दिया। साथ ही इस बात पर बल दिया कि इस सुविधा का घोर दुरुपयोग होता है। उनको पूरा यकीन था कि कर्मचारियों की यूनियन इसका विरोध अवश्य करेगी। परन्तु अपना फ़र्ज़ निभाते हुए उन्होंने अनुरोध किया कि उनके सुझाव को एम.डी. साहब के पास अवश्य भेजा जाए ।

……………समाप्त……………

# प्रेशर रिलीज़

दोपहर दरवाज़े की घंटी बजने पर बाहर आई तो सामने बराबर वाले फ़्लैट की पड़ोसन, स्वर्ना जी को मुस्कुराते हुए खड़ा पाया। मैंने दरवाज़ा खोलकर उन्हें अन्दर आने के लिए आमन्त्रित कर बिठाते हुए कहा, ''अरे वाह आज तो आप बहुत खुश दिखाई दे रही हैं, कौन सी कामयाबी आपके हाथ लग गई? आपके हाथ में लटका बैग तो कहता है कि आप स्कूल से सीधा मेरे पास ही आ रही हैं।''

लम्बी सांस लेते हुए बोलीं ''हां नमिता यही बताने तो मैं आई हूं। आज तो मेरे साथ बहुत उल्टा-पल्टा हुआ, लेकिन अन्त में आज का दिन बहुत मज़ेदार रहा। देखो आज सुबह स्कूल में मैं बहुत ही ज़्यादा परेशान हो गई थी और अब देखो मैं बिल्कुल टैंशन फ़्री हूं।''

मैं जानती थी कि जब भी वह अपने घर न जाकर सीधे मेरे पास आती हैं, चाय की गुज़ारिश तो करती ही हैं, और मुझे भी उनके साथ चाय पर गपशप करने में बड़ा मज़ा आता है। लिहाज़ा उनके कहने से पहले ही मैंने चाय का पानी गैस के चूल्हे पर चढ़ा दिया। ''ज़रा पूरा किस्सा विस्तार से बताइए कि क्या हुआ।'' मैंने उत्सुक्ता से पूछा।

''नमिता तुम्हें तो पता ही है कि नर्सरी और प्रैप के बच्चों को हैंडल करना कितना कठिन होता है। आजकल के बच्चे बहुत ज़िद्दी और बिगड़ैल होते हैं। ज़रा-सा कुछ डांट फटकार दो तो मां-बाप तक शिकायत पहुंच जाती है, टीचर से एक्सप्लानेशन मांगा जाता है।''

''मां-बाप तो बच्चों को स्कूल भेज कर अपनी बला हमारे सिर पर डाल देते हैं। अपने आप बच्चों को कुछ तमीज़ तहज़ीब तो सिखाते नहीं, बस सारा ज़िम्मा हमारे उपर।''

''लेकिन यदि स्कूल न भेजें तो यह छोटे-छोटे नर्सरी स्कूल कैसे चलेंगे, टीचर्स कहां जाएंगी?'' मैंने सवाल किया।

पर वह तो अपनी धुन में बोलती रहीं, ''मैं तो कहती हूं कि इन साले पेरैन्ट्स को तो स्कूल में घुसने ही नहीं देना चाहिए, यह तो स्कूल की बाउन्ड्री के बाहर इन्तज़ार

करते हुए ही अच्छे लगते हैं।"

"अच्छा अब अपनी दास्तां तो सुनाइए" मैंने उत्सुकता से कहा।

"कल न मेरी क्लास में प्रैप के दो बच्चे आपस में ख़ूब लड़ रहे थे और शोर मचा रहे थे। बहुत मना करने पर भी नहीं मान रहे थे। मेरा मूड तो पहले से ही ख़राब था क्योंकि मुझे आज सुबह नाश्ता करने का टाइम ही नहीं मिला। भूखा होने की वजह से मुझे गुस्सा आना तो लाज़मी था ही, सो मैंने दोनों शरारती बच्चों को एक-एक चांटा जड़ दिया। चांटा पड़ते ही दोनों गला फाड़-फाड़ कर रोने लगे। हैरानी की बात तो यह है कि जब दोनों एक दूसरे को ज़ोर-ज़ोर से मार रहे थे तब तो कोई रोया नहीं, लेकिन मेरे हल्के से चाँटे से दोनों ने क्लास में हंगामा मचा दिया। "

"तब ही मैंने नोटिस किया कि बराबर की क्लास के एक बच्चे के पेरैंट्स मेरे क्लास रूम में झांक रहे थे। वास्तव में उन्होंने मुझे चांटा मारते हुए देख भी लिया था। ख़ैर मैंने स्थिति सम्भालने के लिए दोनों बच्चों को ख़ूब पुचकारा, प्यार किया और चॉकलेट्स भी दे दीं। मैंने सोचा कि मामला ख़त्म हो गया।"

"पर मेरी किस्मत ख़राब थी। वो पेरैंट्स जो देख रहे थे बड़े शैतान निकले। उनकी बदमाशी तो देखो, पता नहीं कैसे मेरी क्लास के दोनों बच्चों के पेरैंट्स का पता खोज कर उनको चॉटा मारने की बात बता दी। बस कर दी मेरी ऐसी की तैसी।"

"आज सुबह जब मैं स्कूल पहुंच कर अपनी स्कूटी पार्क कर ही रही थी कि चपरासी लपकता हुआ मेरे पास आकर बोला, "आपको हैड मिस्ट्रैस साहिबा बुला रही हैं। "

"क्या बात है?"

"जी हमें नहीं पता, आपको तुरन्त बुलाया है।" चपरासी बोला ।

"अच्छा मैं हाज़री लगा कर आती हूं।"

"नहीं मैडम बहुत अरजेन्ट मामला है, सीधा आइए, एकदम।" अबकी बार वह ज़रा ज़िद्द करते हुए कुछ रौब से बोला।

"मैं हैडमिस्ट्रैस के कमरे की ओर चली तो देखा कि उनके कमरे के बाहर दोनों बच्चों के पेरैंट्स खड़े थे और मुझे घूर रहे थे। मेरा माथा ठनक गया, शायद मेरी शिकायत हो गई है। मैं उनको इग्नोर करके सीधे हैडमिस्ट्रैस के पास गई।"

वह बहुत गुस्से में थीं, बोलीं, "मुझे तुम्हारी चांटे वाली हरकत का कल ही पता चल गया था, मैंने सोचा चलो तुम्हें समझा कर मामला ख़त्म करूंगी, पर आज दोनों बच्चों के पेरैंट्स मुझसे बहुत आग बबूला हो रहे हैं। तुम्हारे ख़िलाफ़ बहुत गुस्सा हैं। वह तो पुलिस कम्पलेंट और शिक्षा विभाग में कम्पलेंट की भी बात कर रहे हैं।"

''लेकिन मैडम मैंने तो बहुत ही हल्के से मारा था।''

सवाल यह नहीं है कि चांटा हल्के से मारा या ज़ोर से, सवाल यह है कि चांटा मारा किसके बच्चे को है। जानती हो उनमें से एक तो यहां के काउन्सिलर साहब का नवासा है। यदि उन तक बात पहुंच गई तो तुम तो जाओगी ही, मेरे ऊपर भी गाज गिरेगी। मुझे अब कुछ नहीं सुनना है, तुम्हारा भला इसी में है कि तुरन्त पेरैंट्स से माफ़ी मांग लो।''

अभी बात हो ही रही थी कि दोनों पेरैंट्स अन्दर आ गए और अंग्रेज़ी में बोले ''डू यू नो मैडम यू कैन नॉट बीट ए चाइल्ड, हॉउ डेयर यू स्लैप दैम।''

मेरे सॉरी कहने का उन पर कुछ भी असर नहीं हुआ। वह बच्चा जो काउन्सिलर का नवासा है, उसकी मां तो यहां तक बोली, ''यदि मैं तुम्हारे चांटा मारूं तो तुम क्या कर लोगी? फूल से बच्चे पर हाथ उठाती हो, कुछ शर्म करो, किसने तुम्हें टीचर बनाया है? क्या क्वालिफ़िकेशन है तुम्हारी?''

''मैं तो बुरी तरह डर गई थी, ऊपर से नीचे तक कांप गई। एक को देखकर दूसरे की मां भी तू तड़ाक पर उतर आई। वक़्त की नज़ाकत पहचान कर मैंने तुरन्त माफ़ी मांगी, बार-बार हाथ भी जोड़े, तब कहीं जाकर वह शान्त हुए और मामला ख़त्म हुआ।''

पेरैंट्स के जाने के बाद भी हैडमिस्ट्रैस ने मुझे खूब डांटा। ''तुम्हें मारना ही था तो चारों तरफ़ आंखें खोलकर तसल्ली तो कर ली होती कि कोई देख तो नहीं रहा। अगर मैनेजमेन्ट तक बात पहुंच गई तब मैं सम्भाल नहीं पाऊंगी, पहले से ही बताए देती हूं। ''

''और यह भी समझ लो कि पेरैंट्स भी जानते है कि तुम क्वालिफ़ाइड टीचर नहीं हो। तुम्हारी काबिलियत केवल बच्चों का मन बहलाने तक ही सीमित है और इसलिए ही तुम्हें रखा गया है।''

पूरे स्कूल में ख़बर फैल गई कि मैंने पेरैंट्स से हाथ जोड़कर माफ़ी मांगी है। मेरी ज़िन्दगी में इतनी बेइज़्ज़ती आज तक कभी नहीं हुई। सच कहूं तो मेरा रोना निकल आया। मैं अपना होशो-हवास खो बैठी, इसके बाद मैं कब क्लास में गई, मैंने क्या किया, कब 12 बजे छुट्टी की घंटी बजी, मुझे कुछ नहीं पता। बस इतना याद है कि छुट्टी की घंटी बजते ही मैंने स्कूटी स्टार्ट की और घर की ओर उड़ चली।

मैंने हमदर्दी जताते हुए कहा, ''यह तो बहुत बुरा हुआ आपके साथ, लेकिन स्वर्ना जी इसमें इतना खुश होने की क्या बात है?''

''अरे यार आगे सुनो तो सही। मैं तो बुरी तरह हर्ट हुई थी, गुस्से में स्कूटी खूब तेज़ी से भगा रही थी। आपको तो पता ही है कि कम हाईट की बजह से मेरे पैर की नोक ही ज़मीन पर टिक पाती है, सो मेरे लिए बैलैन्स मेन्टेन करना ज़रा कठिन होता है।''

गुस्से में लाल बत्ती की परवाह न करते हुए मैंने स्कूटी मोड़ी तो सामने से एक 18-19 साल का लड़का बाइक पर आ रहा था, जिस पर मेरा ध्यान नहीं गया। उसने तो बाइक एकदम रोक दी, लेकिन जब मैंने हड़बड़ा कर ब्रेक मारी तो बैलेंस लूज़ कर दिया, पैर ज़मीन पर टिका नहीं सकी और स्कूटी समेत सड़क पर लुढ़क गई।''

मेरा दिमाग़ तो पहले से ही ख़राब था, मैंने आव देखा न ताव बस उठकर एक चांटा उस लड़के के गाल पर जड़ दिया। वह लड़का भौचक्का रह गया। डरते हुए बोला ''आन्टी जी मेरी बाइक तो आप से छुई भी नहीं, आप ही लाल बत्ती पर आ रही हैं, गलती तो आपकी है।''

''मैंने एक और चांटा लगा दिया। बदमाश, औरत से ज़बान लड़ाता है, तेरे घर में मां-बहन नहीं हैं क्या, आ मैं तुझे बताती हूं।'' मैंने वही 50 साल पुराना फ़िल्मी डॉयलॉग दे मारा।''

''मेरा रौद्र रूप देखकर लड़का डर गया और अपनी बाइक छोड़ कर दूर भाग खड़ा हुआ। कुछ लोग इकठठ्ा हो गए और मेरे से हमदर्दी करने लगे, किसी को असलियत का पता ही नहीं था। मेरा गुस्सा देखकर लोगों ने समझा कि ग़लती लड़के की ही होगी। लोगों ने हमदर्दी से मेरा सामान और मेरी स्कूटी उठाई। वह लड़का तो इतना डर गया था कि मेरे जाने के बाद ही वह अपनी बाइक के पास आने की हिम्मत जुटा सका।''

''मैंने महसूस किया कि लड़के को चांटे मारने के बाद मेरा मूड एकदम ठीक हो गया। मैंने अपना सारा गुस्सा उस लड़के पर उतार दिया था, लग रहा था मानो मैंने अपनी बेइज्ज़ती का बदला ले लिया, भले ही किसी और से क्यों न। इसके बाद मैं एकदम प्रसन्नचित्त हो गई, बेइज्ज़ती भूलकर नॉर्मल हो गई। लगा कि अब मैंने अपना हिसाब बराबर कर दिया था।'' खिलखिलाते हुए उन्होंने ताली पीट दी।

''यह तो आपने अच्छा नहीं किया, ग़लती खुद की और उस भोले भाले नवयुवक को पीट डाला।'' मैंने रोष से कहा।

''चाहे जो भी हो, लेकिन मुझे यह सब करने में बहुत ही मज़ा आया। एक बार मुझे थोड़ा सा लगा तो सही कि मैंने ग़लत किया, परन्तु ये सब चलता है। हमारे साथ भी तो ज़्यादतियाँ होती हैं। एक बार हमने कर दी तो क्या हुआ। आख़िर नारी स्वाभिमान भी कोई चीज़ होती है। विमन लिबरेशन का ज़माना है यार। सड़कों पर दादागीरी करने का ठेका केवल पुरुषों ने ही ले रखा है क्या, हमें भी कभी-कभी अपने मन की भड़ांस निकाल लेनी चाहिए?''

................समाप्त......................

# श्यूं ... पिग्गी-बैक राइड

## 1

बारहवीं कक्षा तक पहुंचते-पहुंचते प्रत्येक छात्र मानसिक तौर पर बहुत बड़ी समस्या से जूझता रहता है। उसे अपने भविष्य के बारे में सबसे महत्त्वपूर्ण निर्णय लेना होता है और यह निर्णय ही उसके जीवन की राह निश्चित करता है। यदि आगे पढ़ना है, तो किस विषय का चयन करना है और किस कॉलेज में दाख़िला लेना है? सब कुछ इस पर ही निर्भर करता है कि उसके जीवन का लक्ष्य क्या रहेगा और वह किस डगर पर चलेगा। जो छात्र पढ़ाई में अच्छा नहीं कर पाते, उनके लिए ये समस्या बहुत विकट होती है क्योंकि उनके सामने बहुत कम विकल्प रह जाते हैं।

विशाल की पढ़ने में कोई ख़ास दिलचस्पी नहीं थी। बारहवीं कक्षा पास की तो वह भी मार्जिन पर, थर्ड डिविज़न में। बहुत मुश्किल से बी.ए. आर्टस में दाख़िला मिल पाया। वह इकहरे बदन का, बहुत ही दुबले-पतले जिस्म का मालिक था जिस वजह से वह काफ़ी परेशान रहता था। परन्तु अपने जीवन का उद्‌देश्य वह तय कर चुका था। जीवन में उसके केवल दो लक्ष्य थे और उनको पाने के लिए वह कुछ भी करने को तैयार था। अक्सर इस बात का ऐलान वह बहुत साफ़गोई से सबके सामने, ख़ासतौर पर अपने मित्रगण से करता रहता था।

पहली बात तो यह कि वह अपना वज़न बढ़ाना चाहता था। भारोत्तोलन की मदद से, अखाड़े में कसरत करके वह अपने शरीर को हृष्ट-पुष्ट बनाने की काशिशों में लगा रहता। उसका मानना था कि यदि युवक का शरीर सुदृढ़ हो, मोटे-मोटे डौले हों, तो लड़कियाँ पटाने में बहुत आसानी रहती है। कहा करता था - मैं तो अपना बॉडी ऐसी बनाऊंगा कि लड़कियाँ दौड़ी आऐंगी और फिर चौइस भी मेरी होगी, चुटकी बजाते ही लड़की पटेगी। -

मेहनत के नाम पर तो वह सिफ़र था। सप्ताह में मुश्किल से केवल दो-तीन बार ही कसरत करने अखाड़े में जाता, ज़रा सी वर्ज़िश की नहीं कि थक गया। भारोत्तोलन करते समय ऊपर से नीचे तक पत्ते की तरह कांप जाता था, लगता था अब गिरा-अब

गिरा। अखाड़े के साथियों ने उसका नाम पत्ता रख दिया था और यह उसकी छेड़ बन गई। कुछ भी खाने से पहले वह विचार करता कि इससे उनका वज़न बढ़ेगा या नहीं। अक्सर मित्रों से इस बारे में चर्चा करता और वही भोजन करता जो उसे वज़न बढ़ाने वाला लगता। कम वज़न की चिन्ता से वह सदैव तनाव में रहता था, शायद इस वजह से ही उसका वज़न बढ़ नहीं पा रहा था।

उसका दूसरा फ़ितूर था किसी भी कीमत पर विदेश में जा बसना। वह अमेरिका जाना चाहता था और बेहिचक कहता - यह देश तो रहने लायक ही नहीं है। भारत की संस्कृति बहुत रूढ़िवादी है, यहां के लोग बहुत बैकवर्ड हैं। बेइमान नेता, हर जगह रिश्वतख़ोरी, हमारा देश कभी तरक्की नहीं कर सकता। - हालांकि इस प्रकार की बातों पर मित्रों द्वारा वह ख़ूब लताड़ा भी जाता था, परन्तु उसकी बातों में बहुत कुछ सत्य भी था।

वह बेबाकी से कहता था - मेरा तो सिंगल पॉइंट प्रोग्राम है, भारत छोड़ कर विदेश में बस जाना और सारा जीवन वहां ही बिताना। -

- दिस कन्ट्री इज़ नौट वर्थ लिविंग । या तो तुम्हारे पास बहुत पैसा हो या फिर तुम किसी राजनेता की औलाद हो, तब ही इस देश में तुम इज्ज़त से रह सकते हो। देख लेना एक बार मैं चला गया तो कभी भी वापिस नहीं आऊंगा - यही उसकी विचारधारा थी।

किसी तरह से बी.ए. पास कर लिया और बहुत भाग दौड़ करके, किसी राजनेता के चमचे की सहायता से टिप्पस लगाई और एक सरकारी अस्पताल में एल.डी.सी. की नौकरी पा ली। साथ ही साथ ईवनिंग लॉ फैकल्टी में एल.एल.बी. में भी दाख़िला ले लिया।

मज़े की सरकारी नौकरी थी, काम करो या न करो, कोई पूछने वाला नहीं, कोई जवाबदेही नहीं। तनख्वाह के पूरे पैसे महीने के अन्तिम दिन ही मिल जाते थे। अस्पताल की दवाइयों और अन्य सामान पर हाथ साफ़ करने का पूरा मौका मिलता था। घर के लिए डिटरजैन्ट्स, सैनिटेशन का सामान, पेटेंटिड दवाएं आदि भी प्रचुर मात्रा में समेटने का मौका आसानी से मिल जाता था। कभी-कभी तो इतनी अधिक मात्रा में सामग्री आ जाती थी कि रिश्तेदारों, पड़ोसियों को बांटने तक की नौबत आन पड़ती थी।

## 2

परन्तु उसको तो हिन्दुस्तान पसन्द ही नहीं था। विदेश में बसने की उधेड़-बुन में जुगाड़ लगाता रहता। परन्तु न तो कुछ बात बनी और न ही बनती नज़र आई। किसी मित्र की विदेश में नौकरी लगने की या बसने की सूचना मिलने से वह बहुत ही परेशान हो अपनी किस्मत को कोसता। अस्पताल की नौकरी में रहते उसे एक कारगर योजना

सूझी जिसको अपने मित्रों से साझा करके विचार जानना चाहा। यहां इतना बताना आवश्यक होगा कि वास्तव में विशाल खुले दिल का सच्चा व्यक्ति था, दिल में जो भी विचार आते सच्चाई से मित्रों को बता देता था।

एक दिन ईवनिंग कॉलेज की कैन्टीन में गपशप के दौरान इस तरह उसने अपनी योजना विस्तार से बताई।

- देखो जी मेरी तो इतनी काबिलियत है नहीं, न ही मेरे पास ऐसे साधन हैं कि मैं विदेश में बस सकूं। लेकिन एक अचूक रास्ता है मेरे पास वह भी एक ऐडीशनल बोनस के साथ। अस्पताल की नौकरी में मैंने इतना तो जान ही लिया है कि नर्सों के लिए विदेशों में नौकरी पाना बहुत आसान है क्योंकि भारतीय नर्सों की, विशेषतः महिला नर्सों की विदेशों में बहुत मांग है। वहां नर्सों की तनख्वाह भी बहुत अच्छी होती है। दूसरे, प्रत्येक माता-पिता अपनी बेटी को विदेश में नौकरी के लिए भेजने से पहले उसका विवाह ज़रूर कर देते हैं। तीसरी बात, कि नौकरी लगने के बाद शादी करना तो लड़कियों की पहली ज़रूरत होती है। बस यहीं मेरा रोल फ़िट बैठता है और यहीं मुझे मौका मिल सकता है। -

- मैंने फ़ैसला किया है कि विवाह ऐसी नर्स से ही करूंगा जो या तो विदेश में नौकरी करती हो या फिर उसके पास ऑफ़र हो। यदि पक्का ऑफ़र होगा तो सबसे पहले तसल्ली करूंगा कि उस देश के कानून के अनुसार नर्स के पति को उसके साथ रहने और कार्यरत होने की इजाज़त है या नहीं, इजाज़त होगी तब ही शादी करूंगा वरना नहीं। -

- केवल यह रास्ता ही मेरे लिए बचा है और इससे अच्छी ओपनिंग मेरे लिए हो नहीं सकती। मैंने कई नर्सों से बात भी करी है और अपनी शर्त भी बता दी है। पूरी तरह क्वालिफ़ाइड हो या न हो, बस विदेश में नौकरी और बसने बसाने की काबिलियत होनी चाहिए। मुझे तो बस पिग्गी-बैक राइड लेकर विदेश में बसना है। वहां से आगे अमेरिका जाने का तरीका तो मैं निकाल ही लूंगा, बस एक बार यहां से तो निकलूं।-

मित्रों के कहने पर कि -यार तेरे माता-पिता भी तो तेरे लिए लड़की ढूंढ रहे हैं, क्या वह तेरी बात से सहमत हैं, ज़रा उनकी सलाह भी तो ले ले-

जवाब बहुत बेहूदा था - यार ज़िन्दगी मेरी, शादी मेरी, बापू जी को क्या मतलब, अपना भविष्य बनाने के लिए मैं सब कुछ कर लूंगा। बड़ा भाई है न उनकी सेवा के लिए और उनकी सलाह मानने के लिए। -

विशाल की स्कीम बिलकुल कामयाब और सटीक रही। एक ऐसी नर्स जिसको खाड़ी के एक देश में नौकरी मिली थी, उससे रिश्ता पक्का किया। लड़की के पास दुबई में

नौकरी जॉइन करने का बहुत कम समय बचा था, सो बहुत जल्दबाज़ी में विवाह किया गया। केवल सगे सम्बन्धियों को ही आमन्त्रित कर रस्में पूरी करवाई गईं।

भाई साहब जुगाड़ू तो थे ही, दुबई में एक एयर लाइन्स कम्पनी में छोटी सी नौकरी पा ली। पत्नी का कॉन्ट्रैक्ट समाप्त हो गया, रिन्यू न हो सका और पत्नी को वापिस दिल्ली आना पड़ा। परन्तु विशाल नहीं आया और दुबई में ही नौकरियां करता और बदलता रहा। उसे तो अपनी पत्नी के कन्धों पर सवार होकर बाहर बसने का एक मौका ही तो चाहिए था, सो मिल गया। अब पत्नी साथ रहे या न रहे, उसका स्वार्थ तो सिद्ध हो चुका था, अब तो उसे किसी कीमत पर भारत नहीं आना था। अथक प्रयासों के बाद अन्ततः उसे एक अमेरिकन कम्पनी में नौकरी मिली, और कुछ समय बाद अमेरिका जाने का मौका भी मिल गया।

कुछ समय बाद एक पैट्रोल पम्प लीज़ पर लेकर भली प्रकार से स्थापित हो उसने अपने लक्ष्य को प्राप्त कर लिया था। लेकिन कभी भी पत्नी और बच्चों को वहां बुलाने या स्थापित करने की कोशिश तक नहीं की। दिल्ली में मित्रों से कोई सम्पर्क नहीं रखा।

## 3

अचानक करीब आठ नौ वर्ष बाद वह दिल्ली आ पहुंचा। जानकारों से मिलने की तीव्र इच्छा हुई तो ढूंढ-ढांढ कर एल.एल.बी. के एक सहपाठी, बलदेव, जो कि दिल्ली में वकालत करता था, से सम्पर्क किया। उससे मिलने की इच्छा प्रगट की तो बलदेव ने आकर मिलने का निमन्त्रण दे दिया। साथ ही एक कॉमन मित्र हरी किशन, जो कि सरकारी बैंक में शाखा प्रबन्धक के पद पर कार्यरत थे, को भी बुला लिया।

यह पाया जाता है कि जब भी विदेशों में स्थापित भारतीय स्वदेश आते हैं, वह अपने आप को तुर्रम ख़ान समझने लगते हैं। वह अपेक्षा रखते हैं कि लोग उन्हें बुलाएं और उनकी आवभगत करें। उनकी धारणा कुछ ऐसी हो जाती है कि वह अपने आप को एक ऊंचे पायदान पर खड़ा हुआ समझते हैं। यूरोप और अमेरिका में बसे विदशी तो भारतीयों को, यहां तक कि अपने सगे सम्बन्धियों को भी हीन भावना से देखते हैं। इस प्रकार की विचारधारा उन लोगों में ज्यादा होती है जो कम पढ़े-लिखे, छोटी-मोटी नौकरी, पटरी के व्यापारी, ढाबेवाले, लेबर क्लास आदि के होते हैं। हॉलांकि इसमें दोष हम भारतीयों का ही है जो कि उनको इतना भाव देते हैं और उनकी चापलूसी करते हैं।

शाम को देर तक बलदेव के आफ़िस में दोनों मित्र विशाल की गप्पें और आपबीती सुनते रहे। बलदेव ने पाया कि विशाल का हिन्दी बोलने का तरीका बहुत बदला और बनावटी लग रहा था। जिस लहज़े में अंग्रेज़ लोग हिन्दी बोलते हैं, उस ही लहज़े की

नकल कर रहा था। आते ही बोला - हाए बलदेव, तुम कैसा है बडी? ओए तुमने व्हिसकी पीना शुरू किया या नहीं। अरे इतना बड़ा वकील बनकर भी तुम व्हिसकी नहीं पीता। हमारा टाइम तो आठ बजे शुरू हो जाता है। हम बोलता है हमें चाय पीने का नहीं। अपना पीयोन से बोलो पहले हमारे लिए चिल्ड पानी लाए फ़िर ब्लैक कॉफ़ी, बाकी आठ बजे के बाद। ओ.के.।

दोनों उसके बोलने के अन्दाज़ पर मन ही मन मुस्कुरा रहे थे। हरी किशन बोला- ओए तू तां पूरा अंग्रेज़ दा पुत्तर बन गया हैं, साडे नाल तां बंदा बन के गल कर।

बलदेव भी उकता चुका था -विशाल यार अंग्रेज़ी में तो तू बड़ी मुश्किल से पास होता था। जब लॉ फ़ैकल्टी में था तब तो एक लाइन भी अंग्रेज़ी में ठीक से लिख नहीं पाता था। साले हमारे सामने ड्रामा करता है। क्या तेरे को हिन्दी बोलना नहीं आता?

वह झेंप गया तो दोनों ने उसे ज़्यादा शर्मिन्दा करना ठीक नहीं समझा। बलदेव पहले से ही विशाल के घर पर उसके माता-पिता से मिल चुका था, सो उसने पूछा - यार तुम्हारे पिता जी कैसे है? क्या उसी मकान में रहते हैं जहां मैं उनसे मिला था?

उसने बहुत बेफ़िक्री के अन्दाज़ में कहा -ओह पिता जी?-

फिर अपने दांए हाथ का अगूंठा उठाकर आसमान की तरफ़ इशारा किया और हंसते हुए बोला - अरे वह तो पांच वर्ष पहले ही श्यूं हो गए-

दोनों मित्रों को उसके इस "श्यूं" के इशारे पर अचम्भा हुआ और कुछ असमंजस में पड़ गये कि वह क्या कहना चाहता था।

बलदेव ने पूछा -इस श्यूं का क्या मतलब है।

- इतना भी नहीं समझते? इट इज़ सो सिम्पल, इसका मतलब है कि उनकी डैथ हो गई, ऊपर चले गए। काफ़ी बीमार रहते थे न। जवाब मिला।

ओह बहुत अफ़सोस है। तो क्या अब उस मकान में माता जी अकेली ही रहती हैं? - हरी किशन ने पूछा।

- नहीं, माता जी भी पिता जी के एक साल बाद ही "श्यूं" हो गईं थीं। उसी तरह अंगूठा उठाकर आसमान की ओर इशारा किया।

- उनकी मृत्यु पर तुम भारत आए तो होंगे ही? बलदेव का प्रश्न था।

- मेरी क्या ज़रूरत थी? बड़ा भाई है न, उसने ही सब कुछ कर दिया -

अपने माता-पिता की मृत्यु को इतनी सहजता से लेना और ऊपर से मृत्यु को मज़ाक की तरह वर्णन करने पर बलदेव को बहुत क्रोध आया। कुछ देर तो वह विशाल को अतिथि का सम्मान देते हुए चुपचाप उसकी बेहूदगी भरी बातें सुन रहा था परन्तु अब वह

बर्दाश्त न कर सका और डांटते स्वर में बोला - विशाल यार तू तो बहुत बदतमीज़ हो गया है, अपने माता-पिता की मृत्यु के बारे में तुझे बहुत संजीदगी से बताना चाहिए था न कि एक मज़ाक की तरह। अमेरिका में रह कर सारी तमीज़ तहज़ीब बेच खाई क्या?-

ढीठता से मुस्कुराते हुए जवाब मिला, भाई हर किसी को एक न एक दिन ऊपर तो जाना ही है, हम भी जायेगा, मैंने यही तो बताया है -

हरी किशन बहुत क्रोध में बोला - ओए कंजरा, मां प्यो-दे वास्ते इस तरीके नाल बोलदे ने, तैनू इन्नी वी तमीज़ नहीं है। ओए बिशरमा तू समझना की हैं अपने आप नू।

- डांट खाकर वह शर्मिन्दा तो हुआ लेकिन फ़िर भी बेशरमी से मुस्कुराते हुए बोला, चलो ठीक है यार, आई एम सॉरी, पर क्या करूं, बाहर रहकर ऐसे ही बोलने की आदत पड़ चुकी है।

- अबे इसको हरामीपना कहते हैं, पढ़े-लिखे सलीकेदार लोग विदेश जाकर भी तमीज़ तहज़ीब नहीं छोड़ते, तू कोई नया पैदा हो गया है क्या? - बलदेव ने फिर लताड़ा।

कॉफ़ी की चुस्की के साथ-साथ अन्य विषयों पर भी वार्तालाप चलता रहा। बलदेव ने पूछा - विशाल खुद तो तू यू.एस.ए. में स्थापित हो गया। तेरा तो यही लक्ष्य था, तुझे ग्रीन कार्ड भी मिल गया है, अब अपनी पत्नी और बच्चों को भी अपने पास क्यों नहीं बुला लेता?

- बस यही बात तो इन्डियन लोग नहीं समझते, अब फ़ास्ट फूड और फ़ास्ट लाइफ़ का ज़माना है। वहां की औरतें फ़ास्ट मूविंग हैं। मेरी पत्नी बहुत ढीली-ढाली है, स्लो है। वह यू.एस.ए. के माहौल में फ़िट नहीं बैठती। वह तो बच्चों के साथ यहीं खुश है। एक डी.डी.ए. का फ़्लैट उसने खरीद लिया है। खुद का काफ़ी पैसा है उसके पास, वह इन्डिया में ही सैट है, खुश है।

उसकी बातों से यह तो ज़ाहिर हो गया कि वह पत्नी को साथ रखना नहीं चाहता था। शायद वह भुला चुका था कि पत्नी के सिर पर सवार होकर ही वह विदेश में स्थापित हुआ, उसी के सहारे वह अपने जीवन का लक्ष्य प्राप्त कर पाया था। हरी किशन ने प्रत्यक्ष रूप से पूछ ही लिया, ओए हरामी यह भी बता दे कि तू वहां पर किसके साथ खुश है? किसको रखा हुआ है? अकेला तो तू रहता नहीं होगा।

न ही उसने स्वीकारा, न ही इन्कार किया - वहां लड़कियों की कमी थोड़े ही है, बस जेब में नोट होने चाहिए। और घर में ही रखनी कोई ज़रूरी तो नहीं होता। इस निर्लज्जता से दिये गये जवाब ने सब कुछ साफ़ कर दिया।

## 4

इस मुलाकात के बाद बहुत लम्बे अर्से तक किसी भी मित्र, जानकार से उसने कोई

सम्पर्क नहीं रखा। भारत आने पर ही उसे अपने मित्रों की याद आती थी। करीब पांच साल बाद वह फ़िर भारत आया और सब जानकारों के दरवाज़े खटखटाए। बलदेव और हरी किशन से भी मिला, अपने परिवार के समाचार सुनाए। पैट्रोल पम्प से, जिसको वहां की भाषा में गैस स्टेशन कहते हैं, अच्छी खासी आमदनी हो रही थी। पम्प के अन्दर बाहर सफ़ाई करना, झाडू-पोंछा, बेलचे से बर्फ़ हटाना और सारा रख रखाव स्वयं ही करना पड़ता था। कर्मचारी बहुत मंहगे पड़ते थे इसलिए स्वयं ही मज़दूर की तरह कड़ी मेहनत करके पैसा कमाता था। उसकी योजना थी कि वह अपने बेटे के बारहवीं पास करने के बाद आगे पढ़ाई के लिए उसे यू.एस.ए बुलाकर वहीं सैट करेगा। वह बेटे को अपने साथ ले जाने के लिए ही आया था, पर अपनी बेटी और पत्नी को यहीं छोड़ गया। उसके अनुसार बेटी के लिए इन्डिया ही बैस्ट है और पत्नी की किस्मत में यू.एस.ए है ही नहीं।

## 5

फिर एक लम्बे अरसे, करीब छः वर्षों बाद अचानक बलदेव को उसने फ़ोन किया, उसकी आवाज़ इतनी कमज़ोर थी कि वह पहचान न पाया, अरे बलदेव भाई मैं आ गया, यार बहुत दिल कर रहा है तुमसे मिलने का।

- तू आ तो गया, पर जाएगा कब? और यह तेरी आवाज़ को क्या हो गया है।

- मैं अब जाऊंगा नहीं, हमेशा के लिए इन्डिया में रहने के लिए आया है। यार तुमसे कुछ पर्सनल बातें शेयर करना चाहता हूं।

- यह क्या बोलता है, तू इन्डिया में रहेगा? पागल हो गया है क्या? दिस कंट्री इज़ नौट वर्थ लिविंग, भूल गया, अब तुझे क्या हो गया?

- सब बताऊंगा, बहुत लम्बी बात है, मिलने पर ही बताऊंगा। मुझसे जल्दी से मिल न यार। उसकी आवाज़ में नम्र निवेदन था।

बलदेव ने सोचा - आने दे साले को, कहता था यह देश तो रहने लायक नहीं है, अब वापिस आया है हमेशा रहने के लिए। लगता है सारी हेकड़ी निकल गई। अच्छी तरह सुनाऊंगा। विदेश में चार पैसे क्या कमा लिए अपने आप को पता नहीं कहां का नवाबज़ादा समझता था।

वह कुछ दिन बाद बलदेव से मिलने आया, चुसा हुआ शरीर, निढाल काया, पीला सा चेहरा, सिर के बाल नदारद और बुझी हुई आंखें। लग रहा था मानो सीधा कब्र से उठ कर आ रहा हो। हालत देखकर बलदेव सहम सा गया, डांटने के विचार के स्थान पर हमदर्दी के भाव जागृत हो गए। तुरन्त उठकर आलिंगन में भर लिया, विशाल भाई क्या हो गया, यार तू तो बहुत जोशीले और खुशमिजाज़ स्वभाव का रहा है, अचानक

क्या हो गया, इतना झटक कैसे गया?

मायूसी भरे स्वर में बोला - भाई यह दुनिया बहुत मतलबी है, सब पैसे के यार हैं। सारी ज़िन्दगी इतनी मेहनत की, अपने सारे फ़र्ज़ निभाए, नतीजा क्या निकला? टट्टू? आज मैं वापिस वहीं पहुंच गया हूं जहां से चला था।

उसने अपनी दास्तां इस प्रकार सुनानी शुरु की। वो बोलता रहा और बलदेव एकटक उसकी ओर देख, सुनता रहा।

- मैंने अपने बेटे राहुल को अच्छी यूनीवर्सिटी से ग्रेजुएशन करवाया, कम्पयूटर कोर्स करवाए, ख़ूब पैसा ख़र्च किया और कैम्पस से ही उसका बहुत बढ़िया प्लेसमैन्ट मेरे ही शहर में हो गया। उसने कॉलेज होस्टल से फ़ोन पर बताया कि मई के आखिर तक वह मेरे पास आ जायेगा और नौकरी जॉइन कर लेगा। बेटे की इतनी अच्छी नौकरी लगी, वह भी मेरे शहर में ही। मेरी खुशी का पारावार न था। मैंने उसके स्वागत के लिए घर का एक बड़ा बैडरूम बहुत बढ़िया रीनोवेट करवाया। उसको सरप्राइज़ देकर खुश करने के लिए लेटैस्ट मॉडल की एक नई कार उसको उपहार स्वरूप देने के लिए ख़रीद ली। परन्तु मैं नहीं जानता था कि वह मुझे इससे भी बड़ा सरप्राइज़ देने वाला है।

वह आया और अपने साथ में अपने से दो वर्ष बड़ी एक लड़की भी लाया और कहा - पापा मीट माई वाइफ़ सूज़ा, शी इज़ सो लवली एन्ड चारमिन्ग।

जब तक मैं कुछ समझ पाता, सूज़ा ने हाथ बढ़ा कर मेरे से हैण्डशेक किया। मेरा दिमाग़ चकरा गया था, ऐसा ज़ोर का झटका लगा कि मैं गिरते-गिरते बचा। मेरे अपने बेटे ने अपनी ज़िन्दगी के इतने बड़े फ़ैसले में मुझे शामिल करना या राय लेना तो दूर, बताना तक ठीक नहीं समझा।

विशाल अपना सिर पकड़े बैठा बोले जा रहा था।

मैं कितनी उम्मीदों से उसे भारत से यू.एस.ए. लाया था, उसकी लाइफ़ सैट कर दी, वही मुझे इतना इगनोर कर देगा मैं सोच भी नहीं सकता था। उसकी बातें सुनकर मैं स्तब्ध सा रह गया। वह दोनों आपस में बातचीत करते रहे परन्तु मैं कुछ भी सुन या समझ नहीं पा रहा था, लगता था जैसे मैं बेहाश सा हो गया था। परन्तु इतना मुझे याद है कि उन्होंने रात के खाने के लिए किसी रेस्त्रां में मुझे आमन्त्रित किया था। पर मेरी मानसिक हालत बहुत ख़राब थी, मैंने मना कर दिया।

यह मेरी ज़िन्दगी का सबसे बड़ा धक्का था। सच बता रहा हूं बलदेव यार, उस रात मैं बहुत रोया था। मैंने अपने आप को बिल्कुल अकेला महसूस किया। जिसको मैं अपने दिल का टुकड़ा समझ कर लाया, पैसा लुटाया, वह मेरे पास रहना तक पसन्द नहीं करता।

जब मैंने उसको नया बैडरूम दिखाया तो उसने केवल इतना भर कहा - थैंक्स डैड बट वी आर शिफ़्टिंग टू ए रैन्टिड हाउस एट दी अदर ऐन्ड ऑफ़ दी सिटी।'

- उसने रहने के लिए शहर के दूसरे छोर पर एक किराए का मकान ले लिया था।

नई कार को नज़र भर देख कर कहा - थैंक्स डैड, सूज़ा विल यूज़ दिस कार। प्लीज़ पापा इस कार को हमारे घर भिजवा देना। - मेरे पास वह मुश्किल से करीब पंद्रह मिनट रुका होगा, फ़िर पत्नी की कमर में हाथ डाले 'बाय' कहकर घर से बाहर निकल गया, एक बार मुड़ कर भी मेरी ओर नहीं देखा।

मैं आंखें फाड़े दोनों को जाते हुए देखता रहा। उनके जाने के बाद बहुत देर तक मैं किंकर्तव्यविमूढ़ सा उस रास्ते को इस उम्मीद से देखता रहा, कि शायद वह स्वप्न हो। आज इस बात को तीन साल हो चुके हैं। बस मैंने उसे आख़िरी बार तब ही देखा था। उसके इस आचरण से जो सदमा मुझे लगा उससे मैं आज तक उबर नहीं पाया। मैं गहरी सोच में डूबा रहने लगा कि मेरे साथ इतना बुरा क्यों हुआ?

उसके जाने के करीब 15 दिन बाद एक रात अचानक बहुत बेचैनी हुई, मुझे हार्ट अटैक आया था। मेरी बाई-पास सर्जरी हुई, पर किसी ने कोई मदद नहीं की। यहां तक कि मेरी एक करीबी महिला मित्र जिसकी मैं नियमित रूप से पैसों से मदद करता था, केवल एक बार मिलने आई। शायद वह देखने आईं थी कि मैं उसके लिए कुछ उपयोगी हूं भी या नहीं। बेटे को संदेश दिया पर वह भी नहीं आया। सारा दुःख़ मैंने अकेले ही झेला। हां, मेरे एक सज्जन पड़ोसी श्री ठक्कर साहब, जो कि भारतीय मूल के हैं, उनके परिवार ने मेरी बहुत मदद की। उनके अलावा किसी ने भी मुझे पूछा तक नहीं।

मेरी पत्नी सोनिया पता चलते ही यू.एस.ए. आने को थी, परन्तु मैंने स्वयं ही उसे रोक दिया क्योंकि मैं उसका सामना करने से डरता था। मेरा हैल्थ इन्शोरेन्स कवर बहुत कम था, बीमारी पर मेरा बहुत खर्चा हो गया। एक नर्स को मदद के लिए रखा भी था, पर उसकी तनख्वाह मैं लम्बे अर्से तक झेल नहीं सका। पैट्रोल पम्प छोड़ना पड़ा। अभी तक मैं समझ नहीं पा रहा हूं कि कैसे 6 महीने के अन्दर-अन्दर ही मेरी माली हालत एक दम खस्ता हो गई। मैं मानसिक तौर पर पूरी तरह टूट चुका था।

अपने बेटे राहुल को भी फ़ाइनैन्शल मदद के लिए फ़ोन किया पर उसने अपनी मजबूरी बताई कि वह मुश्किल से अपना ख़र्चा ही पूरा कर पाता है इसलिए वह मेरी सहायता करने में असमर्थ था। कुछ दिनों बाद उसका फ़ोन आया और उसने बहुत लम्बी बात की। अन्त में सलाह दी कि मुझे वापिस इन्डिया चले जाना चाहिए। उसकी बातों से कहीं ज़्यादा दुःख मुझे उसके बात करने के अन्दाज़ से हुआ। उसका कहना था,

''डैड बी प्रैक्टिकल, आप साठ साल पार कर चुके हैं। आपने जो करना था कर लिया, अब या तो आप ओल्ड ऐज होम में चले जाइये या इन्डिया में मम्मी के पास चले जाइये। वह आप की मदद ज़रूर करेंगी।''

मुझे लगा मानो मेरे बेटे ने मेरे जीते जी ही मेरे ताबूत में आख़िरी कील ठोक दी हो। उसने मेरी आंखें खोल दीं थीं, मेरा स्वदेश जाना ही ठीक था। मेरे पड़ोसी ठक्कर साहब ने मेरा कारोबार और पैसे समेटने में मेरी बहुत मदद की। उस बड़े शहर की तेज़ रफ्तार ज़िन्दगी में अब मेरी जगह नहीं थी, मेरी ज़िन्दगी मानो थम चुकी थी। मैंने जाना कि अब मैं स्लो मूविंग तो क्या, मैं तो केवल डैड-वुड हो कर रह गया था।

शर्म के मारे पत्नी सोनिया से बात करने की हिम्मत नहीं होती थी, परन्तु बेटे ने शायद मेरी असलियत पत्नी को बता दी थी। पत्नी ने मुझे ढांढस बंधाया और अपने पास आने का बारम्बार आग्रह किया। आख़िरकार मैंने घर का सारा सामान औने-पौने दामों बेचा, और अपना बचा खुचा पैसा समेटकर वापिस अपनी पत्नी के पास आ गया। आने से पहले बेटे को फ़ोन करके बताया भी कि मैं हमेशा के लिए इन्डिया जा रहा हूं। वह मुझ से मिलने तक नहीं आया, बस एक मैसेज दे दिया, ''डैड वैरी वाइज़ डिसीशन इन्डीड, ऑल दी बैस्ट।'' और मैसेज के नीचे दो अंगूठे चेप दिए। अपने बाप के लिए इससे ज़्यादा कुछ नहीं था उसके पास।

बलदेव यार, बता मैंने क्या नहीं किया अपने बेटे के लिए, बाप से इतना बुरा किया उसने? यह कहते हुए उसका गला रूंध गया और आंखें भर आईं। अमेरिकन कलचर में इन्सानी रिश्तों की कीमत बिल्कुल ज़ीरो है, सारी उम्र केवल पैसों के पीछे भागते रहते हैं। आध्यात्म से बहुत दूर, केवल भौतिकवाद और सांसारिक भोग की ओर दौड़ते हैं वहां के लोग।

उसकी दयनीय और ग़मगीन हालत देखकर बलदेव ने उससे कुछ बहस करना या सलाह देना ठीक नहीं समझा। समय उसको ज़िन्दगी का बहुत बड़ा सबक सिखा चुका था। जिस विशाल ने विदेश में बसने के लिए विवाह जैसे पवित्र बन्धन का दुरुपयोग किया, यौवन काल में स्वयं यू.एस.ए. में मौज मस्ती करता रहा और पत्नी को दो बच्चों का दायित्व सौंप कर चला गया, जिसने स्वयं पारिवारिक रिश्तों का गला घोंट दिया, आज वह रिश्तों की दुहाई दे रहा है। जिसने न तो अपनी पत्नी को घर चलाने का पैसा दिया और न ही बच्चों को बाप का प्यार दिया, वह आज दूसरों से प्यार की उम्मीद करता है। जिसने माता-पिता की मृत्यु को ''श्यूं'' कह कर मज़ाक बना दिया था, आज उसके पुत्र ने ही उसे जीते जी ''श्यूं'' करके स्वदेश भेज दिया था।

अपनी ''स्लो मूविंग'' पत्नी की देख-रेख में विशाल ने जल्दी ही स्वास्थ्य लाभ कर लिया परन्तु बेटी प्रिया उससे अब भी बहुत नाराज़ थी। जिस पत्नी को उसने ''अनफ़िट और स्लो मूविंग'' करार देकर तिरस्कृत किया था वही अन्ततः उसके लिए प्राणदायिनी सिद्ध हुई। यह यथार्थ उसे ठोकर खाकर ही समझ आया कि इन्सानी रिश्ते पैसे से बहुत बड़े होते हैं।

विशाल ने अपनी पत्नी के सहारे ही ज़िन्दगी की पतंग उड़ाई थी, आज धरातल पर है तब भी पत्नी का ही सहारा है। परन्तु धन्य है वह पत्नी जो इतना कुछ सहने के बाद भी पति की धृष्टता को नादानी समझकर क्षमा कर देती है।

.................समाप्त......................

# लाल का कमाल

## 1

सांय करीब चार बजे चाय पीने के बाद मैं अपने ऑफ़िस चैम्बर में कुर्सी पर ऊंघ रहा था कि सहायक ने आकर बताया कि कोई किशोरी जी आए हैं, मिलना चाहते हैं। किशोरी जी एक साझेदारी फ़र्म के चार साझीदारों में से एक थे। यह फ़र्म हमारी मुवक्किल थी और हम उन्हें आयकर तथा बिक्री कर से सम्बन्धित सेवाएं प्रदान करते थे। फ़र्म के चारों भागीदार सगे भाई हैं। कर सम्बन्धित कार्य के लिए मेरा सम्पर्क केवल उनके बड़े भाई, पिशौरी लाल जी से रहता था। बाकी तीन भाइयों से, जिनमें किशोरी जी भी एक थे, मेरी कभी कभार ही दुआ सलाम या बातचीत हो पाती थी। किशोरी जी का इस प्रकार अचानक आना, वह भी बिना समय लिए, मुझे कुछ अजीब सा लगा। मैंने उनको अन्दर बुलवा लिया, उन्होंने हाथ जोड़कर नमस्कार किया, हाथ मिलाया और मैंने उनका स्वागत कर स्थान ग्रहण करने को कहा।

औपचारिकता के बाद उनसे आने का कारण पूछा तो वह कुछ उत्तेजित होकर और हाथ जोड़कर बोले, भाई साहब, आप बस मेरा एक काम कर दो जी, आप जो कहेंगे मैं करूंगा, जितने पैसे आप कहेंगे मैं दे दूंगा, बस जी यह समझ लो कि आपको मेरा यह काम तो करना ही करना है।

यह सोचते हुए कि शायद कोई कर सम्बन्धित समस्या होगी, मैंने साफ़-साफ़ बताने को कहा। वह हाथ जोड़े खड़े हो गए और बोले - सर जी आप मुझे बस इंग्लिश बोलना सिखा दीजिए। ऐसा सिखाइए कि मैं फरफट इन्गलिश बोलने लगूं। आप तो बहुत पढ़े लिखे हैं, बस आप ही मुझे सिखा सकते हैं। मुझे बहुत ही जल्दी इंग्लिश सीखनी है।

- किशोरी जी आप कितनी कक्षा तक पढ़े हैं। मैंने पूछा

- बस यह मत पूछो जी, हूं तो मैं पांचवीं फ़ेल लेकिन मुझे तो ॲग्रेज़ी एकदम सीखनी है, कोई ऐसा फार्मूला बताओ कि मैं कुछ ही दिनों में अंग्रेज़ी बोलना सीख जाऊं।

वह अंग्रेज़ी सीखने के लिए बहुत उतावले दिख रहे थे और पागल की तरह मेरे से ज़िद करने लगे। मैंने कहा, देखिए किशोरी जी कोई भी भाषा सीखने में समय लगता

है, और दूसरे ये मेरा काम नहीं है। बहुत से प्राइवेट स्कूल और संस्थान हैं जो अंग्रेज़ी सिखाते हैं, वह आप का काम बख़ूबी कर देंगे, आप उनके पास जाइए।

– मैं दो-तीन जगह गया था जी, उन्होंने मेरा इन्टरव्यू लिया लेकिन इन्टरव्यू के बाद हाथ जोड़ दिए कि हम आपको नहीं सिखा सकते, पूछने पर वजह भी नहीं बताई।

उनका जुनून देखकर मेरी उत्सुकता बढ़ी और मैंने पूछा, किशोरी जी जितना मैं आपके बारे में जानता हूं, आप तो करीब 25-26 वर्ष के हैं, इतना अच्छा व्यापार कर रहे हैं, खूब अच्छी कमाई है। अब ऐसी क्या ज़रूरत आन पड़ी कि आपको अचानक इस उम्र में अंग्रेज़ी सीखने की धुन सवार हो गई है? कुछ समझ नहीं आता।

वह थोड़ा ठिठके फिर कुछ सोच कर बोले – सी.ए. साहब क्या बताऊं, अंग्रेज़ी न आने की वजह से मेरी इतनी बेइज़्ज़ती हुई और इतना बड़ा मौका मेरे हाथ से निकल गया कि मेरा दिल रोता है।

अब मेरी उत्सुकता और बढ़ गई, अरे भाई बताओ तो सही क्या हुआ? मैंने ज़ोर देकर पूछा। उनकी दास्तान, उन्हीं की ज़ुबानी, उनकी पंजाबी भाषा में इस प्रकार थी।

– मैं घुम्मन वास्ते कश्मीर जान दा फ़ैसला कीता, कोई दोस्त मेरे नाल चलन वास्ते न मिलया, तां मैं कल्ला ही तुर पया। इन्डियन एयरलाइन्स दी सबतों मंहगी वाली टिकट बुक करा के श्रीनगर पहुंच गया। श्रीनगर हवाई अड्डे ते हवाई जहाज तों उतर के अग्गे तुरना शुरु ही कीता सी कि इक बहुत ही सोनी कुड़ी मेरे कोल बड़े प्यार नाल हँसदी-हँसदी आई तॉं अँग्रेज़ी विच कुछ कैहन लग्गी। मैनू कुछ वी समझ नहीं आया, शायद ओ कुछ पुछ रही सी। मैं अखां फाड़ के औनू देखन लगया, बस मेरे मुंओं, 'हैंजी हैंजी' ही निकल पाया। ओने दुबारा फ़ेर कुछ बोलया तां मैं औदे होर वी नज़दीक चला गया। मैनू बड़ा मज़ा आ रिहा सी पर मैं कुछ वी बोल न पाया। मैं तां बस ओनू पागलॉं वंग्गू देखदा रिहा। ओने फ़ेर कुछ बोलया, जद मैं तीज्जी वार वी जवाब न दे सकया तॉं ओ गुस्से नाल कुछ बोलदी होई, पैर पटकदी होई दूर चली गई। ओने ज़रूर मैंनू गालां ही कडियां होनगियां जो मैं समझ वी न सकया। सारे लोकि मैनू ही देख रहे सी, कुछ लोग हँस वी रहे सी। मेरे लई तॉं डुब मरन वाली गल हो गई। मैंनू इन्नी शरम आ रही सी कि लगदा सी कि धरती फट जावे तॉं मैं औहदे विच समा जावॉं। साहब जी ऐसी बेइज़्ज़ती मेरी अज तक कदी नहीं होई, ओ वी इन्नी पब्लिक दे सामने।

– मैं तां टॉप क्लास दा सफ़ारी सूट पा के, चमचमांदे बूट, कालियां गोगलां लगा के, नाल होठां ते लम्बी सिगरेट लगा के, हीरो बन के गया सी, पर उस कुड़ी ने इक मिनट विच पब्लिक दे सामने मैनू नंगा कर दित्ता, हीरो नू ज़ीरो बना दित्ता।

पंजाबी न समझने वाले पाठकों के लिए इसका हिन्दी रुपान्तरण इस प्रकार प्रस्तुत है

- मैंने घूमने के लिए कश्मीर जाने का निर्णय लिया, साथ चलने के लिए कोई दोस्त नहीं मिला तो मैं अकेला ही चल पड़ा। इन्डियन एयरलाइन्स की सबसे मंहगी वाली टिकट बुक करा के श्रीनगर पहुंच गया। श्रीनगर हवाई अड्डे पर हवाई जहाज़ से उतर के आगे चलना शुरू किया ही था कि एक बहुत ही सुन्दर लड़की मेरे पास बड़े प्यार से हंसती-हंसती आई और अंग्रेज़ी में कुछ कहने लगी, मुझे कुछ भी समझ नहीं आया। शायद वह कुछ पूछ रही थी। मैं आँखें फाड़ कर उसे देखने लगा, बस मेरे मुंह से 'हैंजी हैंजी' ही निकल सका। उसने दोबारा फिर कुछ बोला तो मैं उसके और भी नज़दीक चला गया। मुझे बड़ा मज़ा आ रहा था पर मैं कुछ भी बोल न पाया । बस उसको पागलों की तरह देखता रहा । उसने फिर कुछ बोला, जब मैं तीसरी बार भी कुछ जवाब न दे पाया तो वह गुस्से से कुछ बोलती हुई और पैर पटकती हुई दूर चली गई। उसने ज़रूर मुझे गालियां ही दी होंगीं जो मैं समझ भी न सका। सारे लोग मुझे ही देख रहे थे, कुछ लोग हंस भी रहे थे। मेरे लिए तो डूब मरने वाली बात हो गई। मुझे इतनी शरम आ रही थी कि यदि धरती फट जााए तो मैं उसमें समा जाऊं। साहब जी ऐसी बेइज्ज़ती मेरी आज तक कभी नहीं हुई, वह भी इतनी पब्लिक के सामने।

मैं तो टॉप क्लास का सफ़ारी सूट पहन के, चमचमाते बूट, काला चश्मा लगा कर, और होठों पर लम्बी सिगरेट लगा के, हीरो बन कर गया था लेकिन उस लड़की ने एक मिनट में मुझे पब्लिक के सामने नंगा कर दिया, हीरो को ज़ीरो बना दिया।

उसको सान्तवना देते हुए मैंने कहा - कोई बात नहीं किशोरी जी इस बात को दिल से मत लगाइये। जिनके सामने यह सब कुछ हुआ वह कौन सा आपको जानते हैं? जो हो गया सो हो गया, इसे भूल जाइये।

कैसे भूल जाऊं साहब जी! लड़की इतनी गोरी चिट्टी कि हाथ लगाओ तो मैली हो जाए। गुलाबी गाल, नशीली आंखें और उसकी वह ज़ुल्फें! सर जी पूरी हूर की परी लग रही थी। अगर मुझे अंग्रेज़ी बोलनी आती होती तो मैं उसको शर्तिया पटा लेता। क्या करूं? मैं तो अपनी बदकिस्मती पर रोता हूं।

- फ़िक्र मत करो जी, सुन्दर लड़कियां तो और भी मिल जायेंगी, ज़िन्दगी में ऐसे मौके और भी आयेंगे। फिर किसी और को पटा लेना, मैंने सलाह दी।

- बस जी इसलिए ही तो मुझे अंग्रज़ी सीखनी है कि आगे मैं कोई मौका न गंवा दूं। अब आप ही मुझे रास्ता दिखाइऐ। अब तो चाहे दुनिया इधर से उधर हो जाए, मुझे तो अंग्रेज़ी सीखनी ही सीखनी है, बस। - बहुत आग्रह करते हुए कहा।

किशोरी जी अंग्रेज़ी सीखने की ज़िद कर बैठे थे। मेरा भी मनोरंजन हो रहा था, सो मैंने भी मज़े लेने के इरादे से पूछा, थोड़ी बहुत अंग्रेज़ी तो तुम्हें आती ही होगी, अच्छा बताओ तुम्हें अंग्रेज़ी कितनी आती है।-

- मुझे तो जी सिर्फ़ चार-पांच अंग्रेज़ी ही आती है। जैसे कि गुड मार्निंग, थैंक यू, यस प्लीज़, आई लव यू वगैरा-वगैरा, बस, बाकी की अंग्रेज़ी आप सिखा दो।

उनकी बेतुकी बातें सुनकर मैं भी उकता गया था। काफ़ी बहस के बाद बड़ी मुश्किल से उनको समझा पाया कि यह मेरे काम से बिल्कुल भिन्न है। मैं अंग्रेज़ी नहीं सिखा सकता। अन्ततः उन्हें विदा किया परन्तु जाते समय वह मुझसे नाराज़ भी थे और मायूस भी।

## 2

अगले सप्ताह उनके बड़े भाई पिशौरी लाल जी मुझ से कार्यवश मिलने आए। मैंने उनको बताया कि किशोरी जी आए थे और मुझ से अंग्रेज़ी सिखाने की ज़िद कर रहे थे। वह मुस्कुरा कर बोले, लगता है वह आपको श्रीनगर वाली लड़की का किस्सा सुना गया है। जब से श्रीनगर से आया है बस एक ही रट लगा रखी है। मुझे अंग्रेज़ी सिखाओ, मुझे अंग्रेज़ी सीखनी है, उसकी तो मति ही मारी गई है। जब पढ़ने का समय था तब तो पढ़ा नहीं, अवारागर्दी करता रहा, अब होश आया है। बताओ जी, क्या बुड्ढा घोड़ा भी कभी कुछ सीख सकता है। दुकान में जो भी आता है उससे अंग्रेज़ी सिखाने की गुज़ारिश करता है, खुद ही अपना मज़ाक बनाता है।

- बस कुड़ियों के पीछे दौड़ता रहता है। जब भी कोई सुन्दर लड़कियां दुकान पर आती हैं, तो सेल्समैन को पीछे हटाकर स्वयं उनसे बतियाता है, उन्हें खुश करने की कोशिश करता है। मरा जाता है लड़कियों के पीछे। हम तो जल्दी से जल्दी उसकी शादी करवाना चाहते हैं। शादी के बाद ही उसका दिमाग़ ठिकाने आएगा।

मैंने सवाल किया, यदि बचपन में उसे पढ़ने-लिखने का शौक था तो आपने उसे आगे पढ़ाया क्यों नहीं।

ज़ोर से ठहाका लगा कर बोले, स्वाह पढ़ाई का शौक, जो अपने मास्टर जी का पत्थर मार कर सिर फोड़ दे वह क्या पढ़ाई करेगा? -

मेरी उत्सुकता बढ़ी और कहा, पिशौरी जी, यह सिर फोड़ने का क्या मामला है, ज़रा विस्तार से बताएं।

फिर उन्होंने इस प्रकार मुझे किशौरी जी का बाल्य-काण्ड विस्तार से सुनाया।

किशोरी तो बचपन से ही बहुत उद्दंड और हठी स्वभाव का था। एक सरकारी

प्राइमरी स्कूल में चौथी कक्षा में पढ़ता था। पढ़ाई-लिखाई में उसका मन बिलकुल नहीं लगता और होमवर्क तो कभी नहीं करता था। कक्षा में बात-बात पर मारा-पीटी, गाली -गलौच करता था। गठा हुआ भारी भरकम शरीर और कर्कश आवाज़ की वजह से सहपाठी उससे डरते थे और अक्सर अध्यापक व प्रधानाचार्य से उसकी शिकायत करते रहते थे। उसके पिता को भी स्कूल में बुलवा कर प्रधानाचार्य ने कई बार चेतावनी दी थी, यहां तक कि स्कूल से निकालने की भी धमकी दी, पर वह कहां सुधरने वाला था, लिहाज़ा चौथी कक्षा में फ़ेल हो गया।

किशोरी ने फ़ेल होने का इलज़ाम भी इस प्रकार अपने मास्टर जी पर लगाया।

– सारे मास्टर मेरे से खुन्दक खाते हैं, उनको पढ़ाना ही नहीं आता।

पिता जी प्रधानाचार्य से मिले, खूब प्रार्थना की और आश्वासन दिया कि अब से वह उसे घर में पढ़ायेंगे और ख़ूब मेहनत करवायेंगे, बस उसे फ़ेल न किया जाए। बच्चे का एक साल बर्बाद हो जायेगा। पिता के बार-बार मिन्नत करने पर और आश्वासन देने पर प्रधानाचार्य ने आख़िरकार उसको सुधरने का एक और मौका दे दिया और अगली कक्षा, पांचवी में उत्तीर्ण कर दिया।

परन्तु वह बिल्कुल भी नहीं सुधरा, अपितु स्कूल से भाग कर पिक्चर देखना भी शुरू कर दिया। स्कूल से आकर बस खेल और लड़ाई-झगड़े करना उसका रोज़ का काम था। नतीजा यह कि वह पांचवी में भी बुरी तरह फ़ेल हो गया। इस बार प्रधानाचार्य ने किशोरी के पिता की एक न सुनी और उसे उत्तीर्ण करने से साफ़ मना कर दिया। साथ ही साथ यह चेतावनी भी दे डाली कि यदि अब वह फ़ेल हुआ तो उसे स्कूल से निष्कासित कर दिया जायेगा।

किशोरी ने घर में ख़ूब हंगामा किया, मैं पांचवी कक्षा में नहीं बैठूंगा। मैं अपने से छोटे बच्चों के साथ नहीं बैठूंगा, मेरी बेइज़्ज़ती होती है। मैं तो बस छठी कक्षा में ही पढूंगा, चाहे जो मरज़ी हो जाए। –

अगले दिन वह पांचवी की किताबें बस्ते में डालकर ज़बरदस्ती छठी कक्षा में अपने पुराने सहपाठियों के साथ जा बैठा। जब क्लास टीचर ने उसे बाहर जाने को कहा तो उसने बड़ी बदूतमीज़ी से बाहर जाने से मना कर दिया। उसकी हिम्मत देखकर अध्यापक हैरान हो गए, वह यह भी जानते थे कि बालक बहुत ही गुस्सैल है, सो उन्होंने प्रधानाचार्य को बुलवाया। उनसे भी किशोरी ने ढिठाई से बाहर जाने से मना कर दिया। माहौल बिगड़ते देख और किशोरी के तेवर भांपते हुए प्रधानाचार्य ने तुरन्त दो चपरासियों को बुलवाकर बल पूर्वक उसको कक्षा से बाहर निकलवा दिया।

निकाले जाने पर वह आग बबूला हो गया और गुर्राता हुआ वहां से दूर भाग गया और सबने राहत की सांस ली। परन्तु कुछ ही मिनट बाद वह फिर कक्षा के दरवाज़े पर आया और एक पत्थर, पूरी शक्ति लगाकर प्रधानाचार्य की ओर फेंककर प्रहार किया। पत्थर क्लास टीचर के सर पर लगा और ख़ून बह निकला। कक्षा में हड़कंप मच गया। किशोरी तो तुरन्त भाग खड़ा हुआ। अध्यापक को हल्की चोट आई थी, उनका उपचार किया गया।

प्रधानाचार्य ने तुरन्त विचार विमर्श कर के निर्णय लिया कि किशोरी के पिता को सूचित किया जाए और उसे स्कूल से निकाल दिया जाए। अगले ही दिन प्रधानाचार्य व अन्य अध्यापकगण चपरासियों को लेकर किशोरी के घर पहुंचे। किशोरी को स्कूल से निष्कासित करने का पत्र उसके पिता को सौंपा व उसकी हरकत के बारे में बताया। यह भी साफ़ तौर पर चेता दिया गया कि बच्चा समझकर पुलिस में रिर्पोट नहीं लिखवाई जा रही है, परन्तु यदि वह स्कूल के आस पास कहीं भी दिखाई दिया तब पुलिस कार्यवाही अवश्य की जायेगी। इस प्रकार किशोरी लाल की पढ़ाई के सफ़र का अन्त हुआ। चौथी पास वो भी धींगामुश्ती करके।

किशोरी लाल के बाल्यकाण्ड का इतना विस्तृत वृत्तान्त सुनकर मैं बहुत विस्मित हुआ। इतनी छोटी सी आयु में कोई बालक इतना हठी, उद्दंड और असभ्य कैसे हो सकता है। वास्तविकता यह थी कि वह एक उपेक्षित बालक था। परिवार के लोगों ने धनार्जन की होड़ में उसके लालन-पालन पर बिलकुल ध्यान नहीं दिया । अवश्य ही उसके पालन पोषण में भारी त्रुटि रही होगी।

## 3

परिवार में निश्चित हुआ कि किशोरी को पारिवारिक कपड़े की दुकान पर ही बैठाया जाये, क्योंकि यदि ख़ाली रहेगा तो वह और भी बिगड़ेगा। उसे कुछ जेब ख़र्च के लिए पैसे देने का भी लालच दिया गया। वह दुकान पर जाता तो था परन्तु ज़्यादा समय बाज़ार में, आसपास घूमने फिरने में लगाता था। मौका देखकर उसने गल्ले पर हाथ साफ़ करना भी शुरू कर दिया। दोस्तों की संगत में शराब, सिगरेट पीना भी शुरू कर दिया, और जल्द ही वह एक पक्का पियक्कड़ बन गया। रोज़ रात एक बोतल और तंदूरी मुर्गा उसका दिन समाप्ति का कार्यक्रम था। रात को टुन्न होकर ही घर आता था।

फिर उसने पारिवारिक व्यापार में हिस्सेदारी की मांग करके हंगामा करना शुरू कर दिया। हारकर उसकी अलग से कपड़े की दुकान खुलवा कर पिंड छुड़ाया गया। किशोरी के प्रति अपनी अन्तिम ज़िम्मेदारी निभाते हुए माता-पिता के आर्शीवाद से उसका विवाह

हुआ, चार बच्चों का पिता भी बना और उसका परिवार पूर्ण हुआ। कपड़े के व्यापार को बढ़ाने के लिए, हेरा-फेरी करने, अनुचित तरीके अपनाने से उसने कोई परहेज़ नहीं रखा। बहुत धन अर्जित किया, और इसके साथ ही उसका घमंड भी आसमान छूने लगा।

एक बार पिशौरी जी ने बताया कि किशोरी लाल को स्कूल का व्यापार करने की धुन सवार हो गई है। जल्द ही किसी व्यापारी की सलाह से एक न्यास बनाकर डी.डी.ए. से एक बड़े प्लॉट का आबंटन करवा लिया। तिकड़मबाज़ी से बैंकों से ऋण लिया, सुन्दर सा भवन बनाया और एक स्कूल स्थापित कर दिया। स्वयं वह स्कूल का डायरेक्टर बन गया और कुछ वर्षों में स्कूल बहुत बढ़िया चल निकला।

हर माता पिता की यह हार्दिक इच्छा होती है कि उनका बच्चा कान्वेन्ट स्कूल मे ही पढ़े, जहां की यूनीफ़ार्म में टाई हो, स्कर्ट हो, चाहे पढ़ाई कैसी भी हो। माता-पिता की इसी अभिलाषा को अच्छे से दुहने का काम ऐसे प्राइवेट स्कूल ही करते हैं।

## 4

एक बार फिर, करीब 14-15 वर्ष बाद, अचानक किशोरी जी मिलने के लिए मेरे ऑफ़िस आए। इस बार उनका हुलिया बिल्कुल बदला हुआ था। सिल्क का डिज़ाइनर कुर्ता पायजामा, ऊपर से जवाहर कट वास्केट, गले में झूलती पाव भर की सोने की चेन जिसके पेण्डैन्ट पर लिखा था, "सत्यमेव जयते"। कलाई पर सोने का अतिसुन्दर ब्रेसलेट और हीरे जड़ी अंगूठियों से भरी उंगलियाँ। ज़ाहिर था कि वह अपनी रईसी की नुमाइश साथ लेकर चलते थे। प्रवेश करते ही उनके साथ में आया विदेशी परफ़्यूम का झोंका। उनके काया कल्प की वजह से मैं ज़रा देर से ही उन्हें पहचान पाया। अनायास ही मेरे मुंह से निकल पड़ा, भई वाह किशोरी जी, आप तो एकदम हीरो लग रहे हैं, पहली नज़र में तो मैं आपको पहचान नहीं सका।

बैठते ही बहुत गम्भीर स्वर में बोले, आप को तो पता ही होगा कि अब मैं दुकानदार नहीं हूं, आज मैं एक बहुत बड़े स्कूल का डायरेक्टर हूं, सैकड़ों अध्यापक, अध्यापिकाएं मेरे स्कूल में काम करते हैं।

उनके बैठने, बोलने के अन्दाज़ से उनका गुरूर साफ़ झलक रहा था। आगमन का कारण जानना चाहा तो बाले, काम तो कोई ख़ास नहीं है बस आपसे मिलना था और साथ ही आपकी कुछ सलाह लेनी थी।

– हां जी, बताइए क्या समस्या है? मैंने पूछा।

– देखिए जी, मेरे स्कूल में काम करने वाले सारे टीचर अपने नाम के पीछे अपनी पढ़ाई की डिग्रियां लगाते हैं, कोई एम.ए. कोई बी.ए., बी.एड. और न जाने क्या-क्या।

कुछ तो अपने नाम के आगे डॉक्टर भी लगाते हैं, लेकिन मैं उनका मालिक होकर भी अपने नाम के आगे पीछे कुछ भी नहीं लगा सकता। मुझे बहुत बेइज़्ज़ती महसूस हीती है। मैं यह भी जानता हूं कि पीठ पीछे टीचर लोग मेरा मज़ाक उड़ाते हैं, मुझे अनपढ़ समझते हैं। मैं उन सब का मुंह बन्द करना चाहता हूं।

- तो क्या आप आगे पढ़ाई करना चाहते हैं?

- नहीं जी नहीं, हर काम का एक शॉर्ट-कट भी होता है। मैंने एक बहुत होशियार आदमी ढूंढ लिया है, बड़ा जुगाडू बन्दा है। गारन्टी देता है कि बिहार की यूनीवर्सिटी से वह मुझे एम. ए. पास की डिग्री दिलवा देगा। मैंने कह दिया है कि पैसे जितने मर्ज़ी ले ले लेकिन डिग्री असली और सरकारी सील के साथ होनी चाहिए। -

- तो इसमें आप मुझसे क्या चाहते हैं।

- मैं तो जी बस यह चाहता हूं कि आप उससे एक बार मिल के पूरी तसल्ली कर लो कि डिग्री बिल्कुल असली है। बिहार सरकार में बहुत बड़े नेता का साला है, बड़े रुसूक वाला आदमी है। मैंने बड़े-बड़े अफ़सरों को उसके आगे-पीछे घूमते देखा है, बड़े काम का आदमी है जी। नाम है त्रिवेंड़ी प्रसाद, आप मिलेंगे तो ख़ुश हो जाऐंगे। -

- न तो यह मेरा काम है और न ही मैं डिग्री की असलियत के बारे में पता लगा सकता हूं। यह मेरे कार्यक्षेत्र से बाहर है।

वह हाथ जोड़ कर बोला - जी आप तो पढ़े-लिखे हैं, देखते ही पहचान लेंगे कि डिग्री असली है या नकली। जैसे हम साड़ी को हाथ लगाते ही पहचान लेते हैं कि साड़ी असली सिल्क की है या नकली सिल्क की।

- साहब जी मैं आपकी फ़ीस भी दे दूंगा, मेरा यह काम बहुत ज़रूरी है। अगर उसने नकली डिग्री दिलवा दी तो मेरे पैसों का नुकसान हो जायेगा। प्लीज़ एक बार उससे मीटिंग कर लो, मैं उसको आपके ऑफ़िस में ही बुला लेता हूॅं। -

मुझे उसकी मूर्खतापूर्ण बातें सुनकर क्रोध आ रहा था, ऑखें बन्द करके सोचने लगा, पीछा कैसे छुड़ाऊं

- प्लीज़ साहब जी मेरी बात मानकर एक बार मिल तो लो, बड़ा हीरा बंदा है। कहता था दो साल बाद वह मुझे डॉक्टर की डिग्री भी दिलवा देगा। दवाई वाला डॉक्टर नहीं दूसरा वाला डॉक्टर। उससे डिग्री लेकर बहुत सारे लोगों को तो सरकारी नौकरियों भी मिल गई हैं। -

उनकी बेहूदी बातें नाकाबिले बर्दाश्त हो चुकी थीं, मैंने क्रोधित हो कर कहा - किशोरी जी आप मेरे से ऐसी बे सिरपैर की बातें न करें। झूठी डिग्री लेने से तो कहीं अच्छा है कि जैसे स्कूल चला रहे हो वैसे ही चलाते रहो। ऐसे ग़लत विचारों को मन से निकाल

दो। साथ ही यह काम ग़लत और ग़ैर कानूनी भी है।

उसको मेरी बातें बुरी लगीं, एकदम खड़ा होकर बड़े गुस्से से बोला - ग़लत और ग़ैर कानूनी कुछ नहीं होता। मैं तो डिग्री लेकर इतना साबित करना चाहता हूं कि मैं भी पढ़ा-लिखा बन सकता हूं। मैं उन टीचरों को, जिन्होंने मुझे स्कूल से निकाला था, उन्हें बुलाकर यह दिखाना चाहता हूं, कि देखो जिसको तुमने स्कूल से निकाला था वही किशोरी लाल आज तुम्हारे जैसे टीचरों को अपने नीचे नौकर रखने की ताकत रखता है, तुम चीज़ क्या हो, मैं उनको उनकी औकात दिखाना चाहता हूं।

वह बोलता रहा - देख लेना एक दिन मैं उस प्रधानाचार्य को यह सबक ज़रुर सिखाऊंगा, साहब जी पैसे में बड़ी ताकत होती है। मैं डॉक्टर की डिग्री भी लेकर दिखाऊंगा, देखता हूं कौन मुझे रोक सकता है। पैसे से सब कुछ ख़रीदा जा सकता है। आप तो चाहते ही नहीं कि मुझे भी डिग्री मिल जाए।

- देखो मैं तुम्हें केवल नकली डिग्री खरीदने से ज़रूर रोकना चाहता हूं। तुम्हारे जो जी में आए करो पर मुझे माफ़ करो, ऐसे घटिया काम के लिए मेरे पास न आया करो।

- मैंने डांटने के लहज़े में कहा।

किशोरी पूरे तैश मे आ कर बोला - सी.ए. साहब, कान खोल कर सुन लो, मैं अंगूठा छाप किशोरी लाल हूं, मेरे पास बड़े-बड़े डिग्री वाले, पैसे वाले, सरकारी अफ़सर, सब हाथ जोड़ कर अपने बच्चों का दाख़िला करवाने आते हैं। अभी आपको मेरे रुतबे का पता नहीं है। - इस प्रकार बड़बड़ाता हुआ वह बाहर चला गया और फिर कभी मेरे पास नहीं आया।

वास्तव में उसका आना मुझे कभी भी अच्छा नहीं लगता था, मैं तो केवल उनके भाई पिशौरी लाल जी का लिहाज़ करते हुए उससे बातचीत कर लेता था। मैं फिर किशोरी से कभी नहीं मिला परन्तु इतनी सूचना तो मुझे मिली थी कि वह स्कूलों की श्रृंखला का मालिक हो गया है। उसने डॉक्टर की डिग्री भी हासिल कर ली है, कहां से प्राप्त की और कितने में ख़रीदी, मैं नहीं जानता न ही जानना चाहा।

अब वह अरबपति हो चुका है और कितनी विडम्बना है कि उसे एक प्रतिष्ठित शिक्षाविद् माना जाता है। स्कूलों के समारोहों में डॉ. किशोरी लाल जी मुख्य अतिथि बनकर आते हैं, बच्चों को पुरस्कार वितरित करते हैं और उनका मार्गदर्शन करते हैं। हमारे देश में शिक्षा धीरे-धीरे व्यापार की शक्ल लेती जा रही है जो कि दीर्घकाल में शिक्षा प्रणाली के लिए बहुत हानिकारक व घातक सिद्ध होगा। हमारी सरकार को इस शिक्षा व्यापार को रोकने पर विशेष ध्यान देने की आवश्यकता है।

......समाप्त......

# हीरो मुन्नालाल

## 1

विद्यार्थी जीवन और वह भी स्कूल के समय की घटनाएं, चाहें वह सुखद, दुखद या फिर संजीदा हों, कभी भी भुलाए नहीं भूलतीं। सहपाठियों की बातें, उनका व्यवहार, लड़ाई-झगड़े, शैतानियां, मारपीट आदि रोचक किस्से तो हमारे हृदय पर अपनी अमिट छाप छोड़ जाते हैं। कुछ किस्से तो इतने मज़ेदार और रोचक होते हैं कि उनको केवल याद कर लेने भर से ही ऐसा प्रतीत होता है मानो हम अपने बाल्यकाल में वापिस पहुंच गए हों।

प्रत्येक कक्षा में कुछ ख़लीफ़ा किस्म के छात्र अवश्य होते हैं, जो कि अक्सर फ़ेल हो जाते हैं। प्रायः ऐसे छात्र रुक-रुक कर चलते हैं और आम तौर पर उम्र में भी वह अपने सहपाठियों से 2-3 वर्ष तक बड़े होते हैं। ज़ाहिर है कि उनका हौसला और आत्मविश्वास अन्य छात्रों से कहीं ज़्यादा होता है और वह कक्षा के दादा बन जाते हैं। ऐसे ख़लीफ़ा विद्यार्थी एक ओर तो अध्यापकों के लिए सरदर्दी और दूसरी ओर सहपाठियों के लिए मनोरंजक होते हैं।

युवाओं में सदैव से यह चलन रहा है कि वह अपने पसंदीदा फ़िल्मी अभिनेताओं के इस हद तक दीवाने हो जाते हैं कि उनकी हर अदा की नकल करने लगते हैं। इसी प्रकार फ़िल्मी विलेन के भी बहुत पक्के फ़ैन और कद्रदान होते थे। तत्कालीन हिन्दी फ़िल्मों के विलेन जिस प्रकार से कपड़े पहनते थे, जैसा आचरण करते थे और जैसी टपोरी भाषा का प्रयोग करते थे, उस ही चलन की नक्ल हमारे समय के ख़लीफ़ा लोग भी किया करते थे। अपनी कमीज़ के उपर के दो-तीन बटन खोल कर अपनी छाती की नुमाइश करना, कमीज़ का कौलर पलट कर खड़ा कर देना और कमीज़ को पैन्ट से बाहर निकाल कर रखना दादागीरी की पहचान बन गए थे।

दसवीं कक्षा में हमारे एक सहपाठी जिसका नाम मुन्ना लाल था, का व्यक्तित्व भी इस ही प्रकार का था। क्लास टीचर के बार-बार टोकने पर भी वह अपनी कमीज़ पैन्ट के अन्दर नहीं रखता था बल्कि बाहर लटकाए रहता था। सुबह की प्रार्थना तथा पी.टी.

तक तो वह कमीज़ अन्दर रखता था परन्तु कक्षा में आते ही ख़लीफ़ा की तरह कमीज़ बाहर और छाती के बटन खुले। अध्यापक की नज़र जब भी उस पर पड़ती थी तो उसे कमीज़ अन्दर करने का निर्देश देते थे, पर मौका मिलते ही वह फ़िर से बाहर कर लेता था। वह इस हरकत से कभी बाज़ नहीं आता और यही उसकी ख़ास पहचान थी।

वह अपनी ख़लीफ़ागिरी की झूठी सच्ची कहानियां हम सबको अक्सर सुनाया करता था। बहुत शान से बताता था कि उसकी दोस्ती और उठना बैठना गिरोह चलाने वाले कुछ बड़े-बड़े ख़लीफ़ाओं से है और वह लोग उसके लिए कुछ भी करने को तैयार रहते हैं। शेखी बघारता था कि उसकी बहुत बैक है। उन दिनों लड़कों में यह शब्द ''बैक'' बहुत प्रचलित था। किसी खलीफ़ा का प्रभाव इस पर निर्भर करता था कि उसकी कितनी बैक है, यानि कि जिसके जितने ज़्यादा गुर्गे उसकी उतनी ही ज़्यादा बैक।

मुन्ना बेझिझक कहता था कि वह बड़ा होकर दादा बनेगा और अलग से खुद का बड़ा सा गिरोह स्थापित करेगा। एक अन्य सहपाठी, गौरी शंकर उसी की गली में रहता था। गौरी शंकर बहुत अच्छा विद्यार्थी था और कभी-कभी उसकी शेखियों का भांडाफोड़ भी कर देता था। वह मुन्ना से डरता भी था और कभी उसके मुंह नहीं लगता था। कक्षा में मुन्ना की घनिष्ठ मित्रता किसी भी छात्र से नहीं थी। वह बहुत मिलनसार होने के साथ-साथ कक्षा के प्रत्येक सहपाठी से हंसकर और प्रेम से ही बात करता था। किसी सहपाठी से झगड़ा करना या फिर रौब गांठना उसकी प्रकृति में नहीं था, बस केवल डींगे ही मारता था।

मुन्ना लाल छोटे कद का था। गठा हुआ बदन, भिंचे हुए दांत व जबड़ा, छोटी आंखें और दबी हुई नाक होने से पूरा शैतान लगता था। सिर के बालों का स्टाइल ऐसा था कि जुल्फ़ें उसके माथे पर ढलकती रहती थीं जिन्हें वह कुछ-कुछ देर में निगाह टेढ़ी करके फूंक मारता और ठीक करता रहता। दायें गाल पर एक लम्बा सा कटे का निशान था जिससे उसका व्यक्तित्व ख़लीफ़ा जैसा लगता था। निशान काफ़ी पुराना था और उस कटे के निशान का किस्सा वह बहुत फ़ख्र से कुछ इस प्रकार सुनाता था।

''एक बार रात के बारह बजे मैं रेलवे स्टेशन से घर जा रहा था। रास्ते में तीन डाकुओं ने अकेला देखकर मुझे घेर लिया। मेरा पर्स और घड़ी छीनने लगे। उनके पास चाकू थे लेकिन मैं बिलकुल निहत्था। मैंने आव देखा न ताव, बस भिड़ गया, अकेले ही तीनों का बहादुरी से मुकाबला किया और उनको इतना मारा कि तीनों डर के भाग गए। बस इसी मारधाड़ में एक डाकू का चाकू मेरे गाल पर लग गया। यह उसी घाव का निशान है। मेरे गाल पर चार टांके आए थे।''

परन्तु उसके पड़ोसी गौरी शंकर ने बताया कि वह कोरी गप्प सुना रहा था। वास्तविकता यह थी कि वह एक बार सराय रोहिल्ला रेलवे स्टेशन पर बगैर टिकट के यात्रा करते हुए पकड़ा गया था। टिकट चैकर को चकमा देकर अपना हाथ छुड़ा कर भागा, पीछे-पीछे टिकट चैकर और आगे-आगे मुन्ना बेतहाशा भागा जा रहा था। बचने के लिए लोहे की कंटीले तारों की फैन्सिग के दूसरी पार जाना था। मरता क्या न करता, ज़ोखिम उठाकर कंटीली तारों के बीच से तेज़ी से निकल भागा। कपड़े तो फटे ही, गाल पर कंटीले तारों से गहरा घाव लगा परन्तु वह बड़ी होशियारी से टिकट चैकरों की पकड़ से भाग खड़ा हुआ। गाल का निशान बिना टिकट यात्रा करने का प्रसाद है, न कि किसी डाकू का सामना करने का।

मुन्ना लाल और हमारा केवल एक वर्ष का ही साथ रहा क्योंकि हम जब दसवीं कक्षा में आए तो वह पहले ही फ़ेल हो चुका था। और जब हम ग्यारहवीं में गए तब भी वह फ़ेल होकर दसवीं में रह गया। पता चला था कि दसवीं कक्षा में दोबारा फ़ेल होने के बाद वह स्वयं ही पढ़ाई छोड़ कर चला गया था।

२

वह क्लास टीचर से बार-बार निवेदन करता था कि उसे कक्षा का मॉनिटर बना दिया जाए परन्तु उसकी आदतें और व्यवहार को उचित न जानकर उसे कभी मॉनिटर नहीं बनाया गया। उसे इस बात का बहुत मलाल था। वह अध्यापकों से मज़ाक करने की हिम्मत भी रखता था और अक्सर मौका देखकर हल्के-फुल्के मज़ाक कर लेता, या चुटकुले सुना देता था। उसके बोलने के अंदाज़ से वह नाराज़ नहीं होते थे, लगता था कि आनन्दित ही होते थे।

विद्यालयों में यह चलन होता है कि विद्यार्थी अपने अध्यापकों के मज़ाकिया से नाम गढ़ देते हैं। प्रायः उनकी किसी आदत, रूप, शक्ल आदि के आधार पर ही नाम दिया जाता है। नाम गढ़ने का एकमात्र उद्देश्य तो उस अध्यापक का मज़ाक उड़ाना और उसे छेड़ना ही होता है। आपस में विद्यार्थी अध्यापक को उस गढ़े हुए नाम से ही पुकारते हैं। यह प्रायः प्रत्येक विद्यालय और कॉलेज में होता है। परन्तु किसी विद्यार्थी की इतनी हिम्मत कभी नहीं होती कि अध्यापक के सम्मुख उसका गढ़ा नाम जुबान पर ला भी सके। परन्तु मुन्ना लाल में इतनी हिम्मत थी और उसने यह गुस्ताख़ी भी बहुत चालाकी से कर दिखाई।

एक गणित के अध्यापक का पढ़ाने का अन्दाज़ कुछ तमाशाई किस्म का था इसलिए वर्षों पहले से ही उनका नाम 'मदारी' रख दिया गया था, सब विद्यार्थी उनको इसी नाम

से जानते थे और उनका वास्तविक नाम तो बहुत कम को पता था। एक अन्य अध्यापक जिनका पेट बहुत मोटा और बाहर को लटकता हुआ था, उनका नाम थैला रख दिया गया था। इसी प्रकार एक अन्य अध्यापक का नाम कौआ रख दिया गया था। यह तीनों अध्यापक सालों साल से इन ही नामों से जाने जाते थे।

अंग्रेज़ी के पीरियड में हिन्दी से इग्लिश में अनुवाद का अभ्यास करवाया जा रहा था। अंग्रेज़ी के अध्यापक ने विद्यार्थियों को अभ्यास करवाने के लिए तरीका सुझाया कि एक विद्यार्थी हिन्दी का वाक्य बोले और उसके साथ बैठा दूसरा विद्यार्थी उस वाक्य का अंग्रेज़ी में अनुवाद करे। फिर दूसरा वाला हिन्दी का वाक्य बोले और पहले वाला उसका अंग्रेज़ी में अनुवाद करे। इसी प्रकार, क्रमवार, प्रत्येक डैस्क पर बैठे विद्यार्थी अनुवाद करें। बारी -बारी से सब विद्यार्थी हिन्दी वाक्यों का अंग्रेज़ी में अनुवाद करने लगे और ग़लती करने पर अध्यापक सुधार देते। जब मुन्ना लाल की बारी आई तो वह कुछ सोचकर शैतानी से मुस्कुराते हुए बोला, - जी मेरा वाक्य है -"मदारी के थैले में कौआ" और मुंह दबा कर हंसने लगा। यह सुनते ही सारी क्लास हा हा हा हा करके ठहाके मार कर हंसने लगी। एक ही वाक्य में उसने बड़ी चतुराई एवं सरलता से तीन अध्यापकों को एक साथ लपेटे में ले लिया था। अध्यापक सब कुछ समझ गए औरे बुरी तरह झेंप गए। कुछ कह नहीं पा रहे थे और उधर विद्यार्थियों का हंस-हंस कर बुरा हाल था। कक्षा में अच्छा खासा कोहराम मच गया। अध्यापक ने मामले को संजीदगी से लिया और अनुवाद की प्रक्रिया वहीं रुकवा दी, क्योंकि कक्षा में रह-रह कर ठहाके लग रहे थे। पढ़ाई का माहौल एक दम ख़त्म हो गया, "मुन्ना समझ नहीं आता कि तुम्हें क्या सज़ा दूं।" अध्यापक ने अपना माथा ठोक लिया। आगे पढ़ाई नहीं हो सकी और हंसते हंसते ही पीरियड समाप्त हो गया।

एक और घटना याद आती है, एक बार मुन्ना लाल के पिता जी हमारे कॉमर्स के अध्यापक से मिलने आए। उन्होंने बहुत नम्रतापूर्वक अध्यापक को बताया कि "मुन्ना लाल हर कुछ दिन बाद कभी तीन रुपये कभी दो रुपये मांगता है और पूछने पर कहता है कि कॉमर्स के अध्यापक ने सब बच्चों से मंगवाए हैं। बताता है कि अध्यापक ने बैलैंस शीट मंगवाई है, इसे ख़रीदने के लिए पैसे चाहिए।" यहां यह बताना अत्यन्त आवश्यक है कि बैलैंस शीट जिसके लिए वह पिता से पैसे लेता था, वास्तव में कोई वस्तु नहीं है परन्तु कॉपी पर लिखकर ही बनाई जाती है, बाज़ार से खरीदी नहीं जाती। मुन्ना के पिता अनपढ़ थे, बात समझ नहीं सके, परन्तु इतना तो भांप ही गए कि वह कुछ न कुछ गड़बड़ी तो अवश्य ही कर रहा था और इसलिए स्वयं ही स्कूल आए।

अध्यापक ने मुन्ना को क्लास में खड़ा करके ज़ोर से पूछा कि बताओ मैंने कब

तुमसे पैसे लाने को कहा है। तुम अपने पिता से झूठ बोल कर पैसे क्यों मांगते हो? फिर उन्होंने बच्चों से पूछा, ''अच्छा बच्चों बताओ क्या मैंने कभी क्लास में बैलैंस शीट के लिए पैसे मंगवाए हैं?'' सब विद्यार्थियों ने एक स्वर में कहा, ''नहीं सर कभी नहीं।''

मुन्ना का झूठ पकड़ा जा चुका था उसके पास कोई जवाब नहीं था। अध्यापक ने फ़िर कहा, ''तुम्हें शर्म आनी चाहिए कि तुम अपने पिता से झूठ बालकर पैसा ऐंठते हो। तुम ऐसा क्यों और किसलिए करते हो।''

मुन्ना बहुत ही धृष्टता से मुस्कुरा कर बोला, ''सर जी मेरे बड़े भाई ने साइन्स ले रखी है। वह कभी फ़लास्क के लिए कभी ऐक्सपैरिमेंट के लिए पैसा लेता रहता है। उसको तो पिता जी चुपचाप पैसे दे देते हैं। मुझे जेब ख़र्च के पैसे कम पड़ते थे तो मैं क्या करता, मैंने भी अपना तरीका निकाल लिया। मुझे क्या पता था कि पिता जी मेरे पीछे-पीछे स्कूल में पूछताछ करने आ जायेंगे। मेरी स्कीम तो फ़ेल हो गई, अब आप ही बताइए मैं क्या करूं ?''

अध्यापक ने थोड़ा डांट डपट दिया लेकिन मुन्ना के चेहरे के भाव से नहीं लगता था कि उसे कुछ अफ़सोस हुआ हो। वह मन्द-मन्द मुस्कुरा रहा था, और अपने आप को कक्षा का हीरो समझ रहा था।

एक बार हिन्दी की कक्षा में मुहावरे और उनका अर्थ सिखाया जा रहा था। इसके बाद यह भी समझाया गया कि मुहावरों को वाक्य बनाने में कैसे प्रयोग किया जाता है। अन्त में अध्यापक ने कहा कि मैं एक-एक करके मुहावरे बोलूंगा और सब छात्र बारी बारी से मुहावरों का उपयोग करते हुए वाक्य बनायेंगे। सब छात्र बारी-बारी से वाक्य बनाने लगे। सबने पूरी चेष्टा की, और जब भी विद्यार्थी ग़लती करते थे, अध्यापक मुहावरे का सही अर्थ समझा कर वाक्य सुधार देते थे।

जब मुन्ना की बारी आई तब अध्यापक ने उसको वाक्य बनाने के लिए मुहावरा दिया, ''एक तो करेला दूजे नीम चढ़ा''।

मुन्ना उठा, कुछ देर सोचने के बाद बोला, ''सर जी मैं स्कूल से पूरी छुट्टी के बाद घर जा रहा था, रास्ते में मैंने देखा एक नीम का पेड़ था। फिर मैंने देखा कि पास में एक करेले की बेल थी और वह बेल नीम के पेड़ पर चढ़ रही थी। मैंने कहा ''वाह भई वाह एक तो करेला दूजे नीम चढ़ा।'' सारी कक्षा में ठहाके गूंज पड़े। अध्यापक भी अपनी हंसी रोक न पाए। ''अरे मूर्खानन्द तुम्हें एक वाक्य बनाने को कहा था, कहानी लिखने को नहीं। मुहावरे को अपने वाक्य का हिस्सा बनाना है।'' मुन्ना तो सहपाठियों को हंसा कर बहुत खुश हो रहा था और यही उसकी शान थी।

## 3

मुन्ना हिन्दी फ़िल्मों का बहुत शौकीन था और हिन्दी फ़िल्मों के विलेन क़िरदारों से बहुत प्रभावित रहता था। वह बड़ा होकर दादा बनने और अलग से अपना गिरोह बनाने की मंशा रखता था। कक्षा में मित्रों से कभी-कभी इस बात का ज़िक्र भी किया करता था। एक दिन वह एक बड़ा सा, बटन से खुलने वाला चाकू लेकर आया और शेखी बघारते हुए सहपाठियों को बताने लगा कि उसने अपना एक गिरोह बनाने की शुरुआत कर दी है। चाकू खोलकर सबको दिखाया और बताया, ''देखो यह मेरे गिरोह का चाकू है जिस पर मेरे नाम का पहला अक्षर 'एम' लिखा है। मैं अपने गिरोह का बॉस हूं, यदि किसी को मेरे गिरोह में शामिल होना हो तो बता देना । ऐसा एक-एक चाकू मैं अपने गिरोह के प्रत्येक सदस्य को दूंगा और सब सदस्यों को मेरा साथ देने की कसम खानी हागी।''

आनन फ़ानन में ख़बर क्लास टीचर तक पहुंच गई कि मुन्ना चाकू लेकर स्कूल में आया है। कक्षा में खलबली मच गई और कुछ छात्र डर भी गए। मामले की गम्भीरता को समझते हुए क्लास टीचर ने प्रधानाचार्य को सूचित किया। प्रधानाचार्य ने निर्देश दिया कि मुन्ना के पिता को तुरन्त बुलवाया जाए। तत्काल अध्यापक व चपरासी को पिता की दुकान पर भेजा गया और संदेश पाते ही वह स्कूल में हाज़िर हो गए।

आख़िरी पीरियड चल रहा था। प्रधानाचार्य ने मुन्ना के पिता को चाकू के बारे में और उसके गिरोह बनाने के बारे में बताया। पहले तो उनको विश्वास ही नहीं हुआ पर जब सारी बात तफ़सील से बताई गई तब उन्होंने इसकी गंभीरता को समझा। प्रधानाचार्य महोदय अपने साथ क्लास टीचर, पी.टी. टीचर, चपरासी तथा मुन्ना के पिता को लेकर कक्षा में दाख़िल हुए। वह मुन्ना को रंगे हाथों चाकू के साथ पकड़ना चाहते थे।

कक्षा में घुसते ही प्रधानाचार्य ने मुन्ना को ज़ोर से आवाज़ देकर अपने पास बुलाया। सबको साथ देखकर वह कुछ सहम गया, धीरे धीरे सीट से उठ कर आया। उसके पिता ने चिल्लाकर पूछा, ''क्या तुम आज चाकू लेकर आए हो?''

''न न नहीं, नहीं जी।'' हकलाते हुए वह बोला। चपरासी ने उसके हाथ जकड़े और पिता स्वयं उसकी जेबों की तालाशी लेने लगे। जेब में से चाकू निकला तो पिता अपना आपा खो बैठे और उसके मुंह पर बहुत ज़ोर से एक चांटा जड़ दिया। मुन्ना बुरी तरह डर गया, उसका चेहरा एकदम पीला पड़ गया और आंखों से आंसू निकल पड़े।

''तू गिरोह चलायेगा? बॉस बनेगा, आ मैं तुझे गिरोह का बॉस बनाता हूं'' कह कर पिता ने लगातार चांटे मारे। वह गिर पड़ा और बिलख-बिलख कर रोने लगा। प्रधानाचार्य ने पिता को रोका और संयम बरतने को कहा।

“यह चाकू तुम्हारे पास कहां से आया और तुम चाकू लेकर स्कूल क्यों आए?” प्रधानाचार्य ने पूछा।

आँसूओं से सराबोर चेहरे से बिलखते हुए उसने बताया कि “ मैं पिछले रविवार को अपने चचेरे भाई प्रवीन के साथ लाल किले के पीछे वाले साप्ताहिक कबाड़ी बाज़ार में गया था। एक कबाड़ी की दुकान पर एक बटन वाला चाकू दिखा जिस पर ‘एम’ लिखा था। मुझे बहुत अच्छा लगा और मैं अपने को रोक नहीं पाया। वह कबाड़ी दो रुपये मांग रहा था पर मैंने डेढ़ रुपये में सौदा कर के ले लिया। घर लाकर चाकू का ज़ंग छुडाया और सरसों का तेल डालकर बटन को चालू कर दिया। मैं सच बता रहा हूं, आप चाहें तो प्रवीन भाई से पूछ लें। ”

चाकू वास्तव में पुराना था और ज़ंग लगा हुआ था। “लेकिन तुम यह चाकू स्कूल में क्यों लाए और अपने सहपाठियों से गिरोह बनाने की क्या बात कर रहे थे।” प्रधानाचार्य ने चिल्लाकर पूछा।

“सर मैं तो अपनी कक्षा में केवल रौब मारने के लिए ही लाया था। सर जी सच कह रहा हूं, मै कोई गिरोह नहीं बना रहा, मैं तो किसी गिरोह को जानता भी नहीं। मैं तो बस नाटक ही कर रह था, गिरोह की बात करके तो मैंने सिर्फ़ बंडल मारा था। इससे पहले मैंने कभी बटन वाला चाकू देखा तक नहीं था, केवल सुना ही था।”

“क्या तुम जानते हो कि इस चाकू की वजह से तुम पर पुलिस केस बन सकता है और तुम्हें जेल भी हो सकती है। हम तो पुलिस को बुलाने वाले थे परन्तु तुम्हारे पिता जी के आग्रह करने पर हम रुक गए।” अध्यापक ने कहा।

मुन्ना अब तक बेहद भयभीत हो चुका था और उसका शरीर कॉप रहा था। हाथ जोड़ कर बोला, “सर जी मुझे माफ़ कर दीजिए अब मैं कभी ऐसा नहीं करूंगा।”

पुलिस में शिकायत तो नहीं की गई, परन्तु मुन्ना और उसके पिता से माफ़ीनामा लिखवा कर मामला खत्म कर दिया गया। उन लोगों को सख़्त चेतावनी भी दी गई कि भविष्य में कभी भी कोई ग़लत हरकत करने पर उसे तुरन्त स्कूल से निकाल दिया जायेगा।

इस हादसे के बाद से मुन्ना बहुत चुपचाप सा रहने लगा। इतनी बेइज़्ज़ती होने के बाद उसने डींगें मारना तो बंद कर दिया था, लेकिन मुख पर मन्द-मन्द मुस्कान कायम थी। वह कक्षा में सबसे पीछे वाले डैस्क पर चुपचाप बैठ जाता था। कुछ समय बाद वार्षिक परीक्षा हुई और वह फिर फ़ेल हो गया, हम ग्यारहवीं में चले गए और उससे हमारा साथ छूट गया।

जब हम कॉलेज में थे तब उसके पड़ोसी गौरी शंकर ने बताया कि बार-बार फ़ेल होने पर उसने पढ़ाई छोड़ दी। पिता की सहायता से एक छोटा सा ढाबा खोल लिया था। कुछ समय बाद उसी को एक बड़े रेस्तरां का रूप दे दिया। रेस्तरां बहुत बढ़िया चल निकला और मुन्ना अच्छी कमाई करने लगा। गिरोह बनाना तो केवल उसकी कल्पना मात्र में ही था जिसे वह नाटकीय रूप से दोस्तों के सामने पेश करता था। दिल से बिल्कुल साफ़, किसी के प्रति मन में कोई द्वेषभाव नहीं, चेहरे पर सदैव एक मन्द मुस्कान बिखेरे रहने वाला हमारा सहपाठी मुन्ना लाल अपने में अद्वितीय था। यही कारण है कि जब भी स्कूल के सहपाठियों की याद आती है तो मुन्ना की याद सबसे पहले उभर कर आती है।

...........समाप्त...........

# फत्तो मौसी

## 1

मेरी मौसी हज़ारों में नहीं, वह तो लाखों में एक हैं। रिश्ते में भले ही मौसी हैं, वास्तव में मेरी सहेली, सलाहकार, मददगार और हितैशी का किरदार निभाती रही हैं। उम्र में मुझसे करीब ढाई वर्ष छोटी हैं। इतनी भोली कि बस एक इशारा भर करने से ही तत्परता से मदद कर देती हैं बशर्ते कि पहले जमकर उनकी कुछ सच्ची, कुछ झूठी तारीफ़ की जाए। फिर तो वह आपा खो देती हैं, बस जो चाहे करवा लो, भले ही किसी दुश्मन को गालियां दिलवा दो। गेहुंआ रंग, कनकनाती सी आवाज़, गोल छोटी-छोटी आंखें और भारी सा शरीर उनको दबंगई के लिए उपयुक्त बनाता है। ज़ुबान खुलते ही उनके आचरण का खुलासा हो जाता था। बड़बोली ऐसी कि एक बार बोलना शुरू कर देतीं तो रुकने का नाम न लेतीं। कुन्बे के बढ़े-बूढ़े तो उनसे बात करने से परहेज़ ही करते थे। हां जी ऐसी ही हैं मेरी प्यारी सहेली फत्तो मौसी।

हालांकि मेरे माता-पिता को मौसी से मेल-जोल बढ़ाना नापसंद था, किसी न किसी बहाने से वह मुझे रोक देते थे, परन्तु मुझे तो उनकी बे सिरपैर की बातों में बड़ा मज़ा आता था। मेरे पिता के सामने वह हमारे घर आने की हिम्मत नहीं करती थीं, हां मौसी होने के नाते पारिवारिक समारोह, ब्याह-शादी आदि में मिलना-जुलना तो हो ही जाता था। परन्तु मेरे विवाह के बाद ही हमारी दोस्ती आगे बढ़ सकी। प्रत्येक मसले में मेरा साथ देती हैं, भले ही मैं ग़लत ही क्यों न होऊं, बस यूं समझो कि यही हमारे अनूठे रिश्ते की बुनियाद थी।

फत्तो का नाम तो सरस्वती देवी था परन्तु अपने नाम के बिलकुल प्रतिकूल वह थीं तो बहुत मोटे दिमाग़ की। आखिर सरस्वती देवी फत्तो देवी कैसे हुईं, इसका भी एक रोचक किस्सा है। अमरोहा के मोहल्ला छपरिया में कन्या पाठशाला ज़रा दूर थी, सो एक अध्यापक नियुक्त किए गए। पड़ोस की तीन अन्य बालिकाओं को जुटाकर चारों की शिक्षा घर पर ही आरम्भ करवा दी गई। तीनों तो ठीक-ठाक पढ़ रही थीं पर सरस्वती का मन पढ़ने में कभी न लगता न कुछ समझ पाती और न ही कुछ याद रख पाती थी। मास्टर

जी झल्ला जाते और एक बार बोले, "अरे तुझ कूढ़ मग़ज़ का नाम सरस्वती देवी किसने रखा है, तेरा नाम तो फत्तो देवी होना चाहिए।" बस तभी से उनका नाम फत्तो हो गया और वह इसी नाम से जानी जाने लगीं।

बचपन से ही मनमौजी, झगड़ालू, और कुछ हद तक ज़िद्दी भी, उनका बचपन भी बहुत दिलचस्प रहा था। हारकर मिडिल स्कूल में दाखिला करवा दिया गया। कक्षा में निरन्तर असफ़ल होने और परिवार से तिरस्कृत होने के कारण वह हीन भावना से ग्रसित रहती थीं। हद तो तब हो गई जब तीन वर्षों तक निरन्तर आठवीं कक्षा में फ़ेल हो कर भी चेहरे पर एक शिकन तक नहीं दिखी। नतीजे वाले दिन फत्तो दोपहर के बाद भी घर न पहुंची तो अम्मा परेशान हो गईं। तुरन्त पड़ोस की कमला की अम्मा का दरवाज़ा खटखटाया। कमला फत्तो की सहपाठिन थी, पर वह तो बहुत देर पहले ही घर पहुंच गई थी। पूछने पर उसने बताया कि फत्तो स्कूल तो आई थी, परन्तु अपना परिणाम जानकर तुरन्त चली गई। अब अम्मा और भी परेशान, एक तो फ़ेल हुई ऊपर से जाने कहां ग़ायब हो गई।

वापिस घर पहुंचीं तो देखा घर के बाहर चबूतरे पर इतमीनान से बैठी कुछ चबा रही थी। "अरी कहां मर गई थी तू, कमला तो कब की घर आ ली।" अम्मा देखते ही चिल्लाईं।

"अम्मा तुम तो यूं ही बौखलाई रहती हो, मैं तो बस मन्दिर हो कर आ रही हूं।"

"मन्दिर में दोपहर को क्या करने गई थी री तू। बारह बजे तो मन्दिर बन्द हो जावै है, भला भरी दोपहरी में काहे गई।"

"कोई पूजा-सूजा करने न गई थी। मन्दिर के बगीचे में इमली व अमरूद पर हाथ साफ़ करना हो तो दोपहर में ही जाया जावै है क्योंकि तब ही पुजारी जी सोते हैं। आप को ये भी नहीं पता क्या?"

अम्मा ने घुड़क कर कहा "अरी ये तो फूट कि नतीजा क्या आया, पास हो गई क्या?"

"जब कमला के घर हो ही आईं, नतीजा तो पता चल ही गया होगा, अब काहे पूछ रही हो?" कन्धे उचका कर बोली" मैंने तो बहुत पहले ही कह दिया था, यह पढ़ना -लिखना मुझे बिल्कुल न भाता, मैं तो बस सहेलियों से बतियाने ही स्कूल जाती हूं।"

"इतनी बड़ी घोड़ी हो गई, सत्रहवां लग गया, दे फ़ेल पे फ़ेल और बतमीजी करने को हमेशा तैयार। आने दे दादा को वही तेरी खबर लेवेंगे।"

"मैं न डरती दादा-पादा से, और कह देना उनसे, मुझे गुस्सा न दिखायें, मैं अब

बच्ची न हूं।"

"हे राम कितनी ढीठ है यह लड़की, समझ में नहीं आता यह क्या गुल खिलायेगी। कितनी बार कहा कि कमला या फ़िर वो चौधरी साहब की शन्नो के साथ पढ़ लिया कर, पर तू कुछ माने तब न।"

"वो दोनों तो मेरे से बहुत छोटी हैं, मैं न जाऊंगी उनके पास, मुझे बहुत शर्म आती है।"

"जब फ़ेल होती है तब शर्म न आती, सारे मोहल्ले में कोई और लड़की है जो एक ही क्लास में तीन बार फ़ेल हुई हो।"

फत्तो मुंह फुलाए बैठी रही। अम्मा अपनी बिगड़ैल लौंडिया को काबू करना जानती थीं। खाना परोसकर उसे पास बैठाया, प्यार से उसके सिर पर हाथ फेर कर बोलीं "बेटी अब तेरी शादी की उम्र है। हम तो अच्छा लड़का देखकर तेरे हाथ पीले करना चाहते हैं। तू लौंडों की तरह धींगा मुश्ती करना बन्द कर, अब तू बच्ची न रही, सयानी हो चुकी है, अब तो आचरण सुधार ले, लड़कियों जैसा बर्ताव किया कर।"

शादी की बात सुनते ही फत्तो के मन में लड्डू फूटने लगे, "मैंने कभी मना तो न की है। करवा दो शादी, बस कहती भर हो, करती-धरती कुछ नहीं।"

अम्मा मन ही मन में बोलीं - देखो ससुरी कितनी बेशर्म है, शादी के लिए तो मुंह धोए बैठी है, लेकिन-पढ़ाई लिखाई में तो गोबर है।

"अरी अपने लच्छन तो ठीक कर, इस तरह का बर्ताव करेगी तो कौन तुझे ब्याहैगा। कुछ घर का काम काज करना भी तो सीख ले।"

फत्तो चुपचाप खाना खाती रही। अम्मा फिर बोलीं, "और सुन मन्दिर के बगीचे से इमली, अमरूद क्यों तोड़े, पुजारी जी पहले भी शिकायत कर चुके हैं। लौंडों की नकल करना छोड़, सारे छपरिया को पता है तेरे कारनामें, अब तो संभल जा। "

"अम्मा मैं क्या करूं, तुम पैसे तो देती न हो, सब छोरियॉ पैसों से इमली, अमरूद, अम्बियां खरीदें हैं। मैंने भी अपना रास्ता ढूंढ निकाला, दोपहर में पुजारी जी सोवें हैं, वही समय है बाग में हाथ साफ करने का।"

"बेटा पापा की तनख़्वाह से मुश्किल से काम चलता है, तेरी चाटा-चूटी वास्ते पैसे न हैं हमारे पास। आजकल दसवीं से कम पढ़े को अनपढ़ कहवे हैं, लड़का मिलना भी मुश्किल होता है, कम से कम दसवीं तो पास कर के दिखा तो जानूं।"

आज पहली बार फत्तो ने अम्मा की बातें ध्यान से सुनी और कुछ रोका टोकी तक न की। अम्मा ने उसे शादी की पींग पर जो चढ़ा रखा था।

''कायस्थों की लड़की और आठवीं तक पास न कर सकी, कितनी शर्म की बात है? तेरे से छोटी तेरी भान्जियां, भतीजियां सब तेरे से कहीं आगे निकल गई हैं, और एक तू है जो आठवीं में झंडा गाड़ के बैठी है।''

''बहुत हो गया अम्मा अब तो मेरे कान पक गए, मैं चली सोने।'' और फत्तो अन्दर कमरे में चारपाई पर लेट गई।

''फ़ेल होने का तो इस लौंडिया को ज़रा भी अफसोस न है, जाने किस मिट्टी की बनी है यह'' अम्मा बड़बड़ाईं।

पिता तो बीमारी से जूझ रहे थे, चारपाई पकड़ ली थी। बस दादा ही घर के मुखिया थे। बाकी छोटे भाई पढ़ाई करते थे, पर सब फत्तो की हरकतों से परेशान थे, बस अम्मा ही उसका पक्ष लेकर उसको संरक्षण देती थीं।

## 2

दादा अम्मा के सबसे बड़े बेटे थे, नाम था ब्रह्म प्रसाद, सब भाई-बहन आदर से उन्हें दादा पुकारते थे, उनसे छोटे विष्णु प्रसाद, फिर महेश प्रसाद। चौथी दुर्गा देवी, फिर सरस्वती देवी -फत्तो- और सबसे छोटे थे हनुमान प्रसाद। सारी सृष्टि के सभी देवी-देवता घर में ही वास करते थे।

शाम को दादा लौटे तो बहुत प्रसन्नता से उछलते हुए आए, अम्मा के चरण स्पर्श किए और बताया कि दिल्ली में पक्की सरकारी नौकरी मिल गई, बस दो महीने में दिल्ली जा कर ज्वाइन करना होगा। घर का माहौल एकदम खुशनुमा हो गया। विष्णु भाग कर मिठाई ले आए, भगवान को भोग लगाया गया। पिता भी चारपाई से उठ बैठे। अम्मा भागीं पड़ोस में खुशखबरी देने। रात को खाने के बाद सारा परिवार उत्सुकता से दिल्ली जाने की योजना बनाने लगा। इस खुशी में अम्मा ने फत्तो के फेल होने का जिक्र न करना ही ठीक समझा, पर दादा कहां भूलने वाले थे। फत्तो जो अन्दर दुबकी बैठी थी, दिल्ली जाने की बात सुनकर दौड़ी आई।

दादा मज़ाक में बोले,''हां फत्तो इस बार तो पास हो गई न, दिल्ली में घुसने के लिए आठवीं पास होना ज़रूरी है।'' फत्तो एकदम भाग खड़ी हुई और दादा को समझते देर न लगी कि लौंडिया तीसरी बार भी लुढ़क गई।

''दादा इससे कोई उम्मीद मत रखियेगा, जल्द से जल्द इसकी शादी कर के गंगा नहा लें।'' विष्णु ने सुझाया।

''बिल्कुल ठीक है, अम्मा रिश्तेदारी में, मोहल्ले में, सब जगह कह दो। कोई दबे हुए घर का लड़का ढूंढकर पहले इसको किनारे लगाइये।'' महेश प्रसाद बोले।

“लेकिन महेशी आज के ज़माने में आठवीं फ़ेल से कौन ब्याह करेगा। देखने भालने में तो ठीक-ठाक है पर यह गोबर-गणेश दसवीं तो पास करे। अम्मा के लाड़ ने ही इसे बिगाड़ा है।”

“बेटा क्या करूं अपनी औलाद जैसी भी हो, उसका भला तो सोचा ही जाता है। माना कि बहुत ढीठ है पर शादी के बाद जब सिर पर पड़ेगी तो ज़रूर सुधर जायेगी।” अम्मा कुछ रुक कर, कुछ सोचकर बोलीं। “सुनो लल्ला, गुड्डू की अम्मा कह रहीं थीं कि कोई विद्यार्थी यदि 16 वर्ष का हो और चाहे जिस कक्षा में हो, कित्ती बार भी फ़ेल हुआ हो, वह पंजाब मैट्रिक की परीक्षा दे सकता है। मेरी मानो तो इसको पंजाब मैट्रिक की परीक्षा दिलवा दो ”

विष्णु बोले, “मैंने भी यही सुना है और मेरे मित्र भोलू के बड़े भइया सातवीं फ़ेल हैं और अब वह पंजाब मैट्रिक का पर्चा भरेंगे। हमारी घोड़ी तो आठवीं फ़ेल है। परीक्षा में बेधड़क बैठ सकती है।”

“पर अम्मा समस्या यह है कि जो आठवीं न पास कर सकी वह भला मैट्रिक पास कर पाएगी? कितने साल लगाएगी? मैट्रिक पास करवा कर शादी करनी है तो फिर हो ली शादी।” दादा ने चिंता जताई।

“बेटा मैट्रिक किसे पास करनी है, बस परीक्षा ही तो दिलवानी है। पास हो न हो, कम से कम दसवीं की चिपकी तो लग जाएगी, कह तो सकेंगे कि लड़की दसवीं तक पढ़ी है।” अम्मा बोलीं।

दादा मुस्कुराए, “वाह अम्मा तुम तो दुनिया की पूरी खोज ख़बर रखती हो। क्या कारगर योजना सुझाई, और तुम्हारा तर्क भी बिल्कुल खरा है। कहने को तो दसवीं तक पढ़ी कह ही सकते हैं भले ही फ़ेल हो गई हो, क्या फ़रक पड़ता है, वाह अम्मा, वाह।”

तो यही तय हुआ कि दिल्ली में शिफ़्ट कर के फत्तो को पंजाब मैट्रिक की परीक्षा दिलवा दी जायेगी। इसी दौरान पिता ने लम्बी बीमारी के चलते देह त्याग दी। सारा परिवार दिल्ली आ पहुंचा। दादा 30 पार कर चुके थे, सो दिल्ली आते ही सबसे पहले एक संभ्रात परिवार की कन्या से उनका विवाह संपन्न हुआ। कन्या शिक्षित, सुशील और सुघड़ थी, सो बहुत जल्दी ही सारे घर के माहौल को सुधार डाला। फत्तो को छोड़कर, बाकी सारा परिवार भाभी से बहुत खुश था। अम्मा तो बहू का परिवार के प्रति समर्पण देखकर फूली न समाती थीं। पर फत्तो मौसी अपनी आदत के अनुसार भाभी की जान खाती रहती, किसी न किसी बात पर भाभी से भिड़ ही जाती थी। परन्तु बहू की सहिष्णुता और सामंजस्य भी कमाल का था, उन्होंने कभी अपना आपा न खोया और

फत्तो को हमेशा मुँह की खानी पड़ती।

फत्तो से पंजाब मैट्रिक का फॉर्म भरवाया गया, एक प्राइवेट स्कूल में टयूशन भी शुरू करवाई पर फत्तो ठहरीं फत्तो। इम्तहान में बैठी और बुरी तरह फ़ेल हुई। मार्कशीट हाथ में लिए खिलखिलाती हुई मेरे घर भागी आई, ''कृष्णा देख मेरी दसवीं की मार्कशीट, मज़ा आ गया, अब तो मैं दसवीं हूं न।''

अंग्रेज़ी में सौ में से छः नम्बर, गणित में सौ में से तीन और हिन्दी में नौ, ऊपर से उसकी खुशी देखकर मुझे गुस्सा कम और हंसी ज़्यादा आई, ''अरी पगली इतने ख़राब नम्बर पाकर तुम खुश कैसे हो रही हो?''

''नम्बरों की ऐसी-तैसी, आठवीं से सीधा दसवीं में आ गई, यह क्या कम है, तुम यह नहीं समझ सकतीं। तुम तो दसवीं पास कर ही चुकी हो, बस मुझे यह बताओ कि अगर मैं फिर से एक-दो बार परीक्षा दे दूं, तो क्या मेरे हर बार के नम्बर जोड़ दिए जाऐंगे?''

मौसी का इतना मुर्खतापूर्ण प्रश्न सुनकर पास बैठी मेरी छोटी बहन व भाई भी हंसी न रोक पाए, ताली पीट-पीट कर ठहाके लगाने लगे। मेरा भी हंस-हंस कर बुरा हाल था।

''अरी झल्ली माई ऐसा नहीं होता, इस तरह नम्बर जुड़ने लगे तब तो बोर्ड में टॉप करना कितना आसान हो जाएगा?''

मेरी छोटी बहन बोली ''फत्तो मौसी आप दसवीं पास नहीं हैं आप तो दसवीं फ़ेल हैं।''

''चलो दसवीं फ़ेल ही सही, दसवीं तो हुई न?''

बेचारी फत्तो दसवीं तो पास कर न सकीं, पर हां फ़ैशन करना बखूबी सीख लिया। रोज़ नए नए स्वॉग रचातीं और अम्मा को पैसों के लिए परेशान करतीं। यह दिल्ली की देन है कि छोटे मोटे शहरों से आई लड़कियां तहज़ीब सीखें य न सीखें, एक दूसरे की देखा-देखी फ़ैशन करना अवश्य सीख जाती हैं।

दिल्ली आकर उनको एक और शौक चर्राया। कोई भी अंग्रेज़ी का शब्द सुनतीं तो उसका मतलब जाने बिना ही ज़बरदस्ती उसका उपयोग करके हास्य का पात्र बनतीं। हमारे घर आतीं तो हम उनको अंग्रेज़ी बोलने के लिए उकसाते थे, वह बहुत खुश होकर अंग्रज़ी बोलतीं और हम खूब मज़ा लेते थे। शब्दों का उटपटांग उच्चारण तो उनकी मनोरंजक अंग्रेज़ी की जान था, हम सदैव उनकी अंग्रेज़ी सुनने को आतुर रहते थे। सबसे मज़ेदार बात तो यह कि वह प्रत्येक अंग्रेज़ी वाक्य या शब्द को प्रयोग करने के बाद उसका हिन्दी रुपान्तरण बताना कभी न भूलती थीं।

आख़िरकार परिवार ने दौड़धूप करके उनके लिए बनारस में एक रिश्ता ढूंढ ही

लिया। एक सरकारी नौकरी करने वाले भले घर के लड़के से तुरन्त उनका विवाह कर दिया गया, घर में सबने चैन की सांस ली।

## 3

मैं उनकी शादी में जा न सकी, मेरे एम ए की परीक्षा चल रहीं थीं। क़रीब एक माह बाद बनारस से उन्होंने एक बहुत विचित्र और प्यारा पत्र लिखकर मुझे अपना हालचाल बताया, जो इस प्रकार था। इस मज़ेदार पत्र को मैंने आज तक सहेज कर रखा है।

डीयर कृष्णा,

हगिंग यू माई लविंग भान्जी - मतलब मेरी प्यारी भानजी को आलिंगन -, और लवली हैलो टू यू। मैं शादी से बहुत खुश हूं, किसी को बताने की ज़रूरत नहीं कि मैं बहुत हैप्पी हूं। क्यों, यू डू नौट कम माई मैरिज -मतलब मेरी शादी में तुम क्यों नहीं आईं? एम.ए. की परीक्षा थीं तो क्या हुआ, अगले साल भी तो दे सकती थीं। दिल्ली में एम.ए बन्द तो नहीं हुआ जा रहा था?

मैंने तो यहां आते ही पहचान लिया, बनारस शहर बहुत बैकवर्ड है। हमारे पड़ौस की लेडीज बिल्कुल भी इंग्लिश स्पीकिंग नहीं हैं। मुझे अपने स्टैन्डर्ड की लेडीज ढूंढने में टाइम लग गया, अब मेरा सोशल सरकल बन गया है। अपनी ससुराल वालों पर तो मैंने बहुत अच्छा इम्प्रैशन जमा लिया है। सब मेरी अंग्रेज़ी से बहुत प्रभावित हैं। इनको तो मुटठी में कर लिया है, ऊपर का सारा माल मेरे हवाले करते हैं।

देख कृष्णा पढ़ाई-लिखाई गई - गो टू हैल में -मतलब पढ़ाई जाए भाड़ में - अब तू भी जल्दी से शादी कर ले। मेरी तरह मौज करेगी।

आज ज़रा जल्दी में हूं, दोपहर को मैंने किटी पार्टी को मेनीज - मतलब आयोजन- किया है। एक दो दिन में मैं तुझे लैटर लिखकर बहुत मज़ेदार बातें बताऊंगी। पूरी डिटेल में दिल की बातें बताऊंगी। अब अगले लैटर पर मैं बड़े-बड़े अक्षरों में "प्राइवेट एण्ड कोनफ़ीडैन्स" लिख दूंगी, फिर तो मेरे लेटर को कोई भी पढ़ नहीं सकेगा। ठीक है, समझ गई न?

तुम्हारी

सरस्वती मौसी -

मैट्रिक पास

पत्र पढ़ने में बहुत मज़ा आया, हंसी भी खूब आई लेकिन पत्र के आख़िरी वाक्य पढ़कर मैं डर सी गई। अक्सर वह कुछ न कुछ बेहूदी बातें अवश्य करती थीं, न जाने क्या-क्या लिख डाले अगले पत्र में। यह भी नहीं समझतीं कि पत्र के ऊपर "प्राइवेट व

कौनफ़िडैन्शल'' लिखने से तो सबको शक ही होगा। जिसके भी हाथ लगेगा वह न भी पढ़ता होगा तो ''प्राइवेट व कौनफ़िडैन्शल'' देखकर ज़रूर पढ़ेगा। पर फत्तो मौसी की सोच तो निराली ठहरी, बेवकूफ़ी की बातें भी बहुत यकीन से करती हैं।

मैंने तुरन्त पत्र लिखा, ''मेरी प्यारी, आदरणीय मौसी जी, मेरा आप से हाथ जोड़कर निवेदन है कि आप मुझे कोई लैटर न लिखें, कम से कम ''प्राइवेट व कौनफ़िडैन्शल'' तो कदापि नहीं। मैं आपकी ख़बर मामा जी से लेती रहूंगी। साधारण पत्राचार से मुझे कोई समस्या नहीं है, परन्तु मेहरबानी करके कोई ''प्राइवेट व कौनफ़िडैन्शल'' पत्र न लिखें।

ग़नीमत रही कि मेरी बात उनकी समझ में आ गई और फिर कभी उन्होंने पत्र नहीं लिखा, इसके साथ ही हमारे मनोरंजन का स्रोत हमेशा के लिए सूख गया।

.........समाप्त...........

# डैडी जी की सेवा

दिल्ली की मेट्रो ट्रेन का सफ़र यानी कि दिल्ली समाज के सभी वर्ग के लोगों की विचारधारा जानने का अवसर और साथ ही साथ बदलती संस्कृति के दर्शन। मोबाइल फ़ोन में डूबे लोगों की भीड़ और उनकी निरन्तर बातचीत मेट्रो का माहौल बयान करती है। कभी बांए से तो कभी दाएं से, अक्सर बहुत दिलचस्प वार्तालाप सुनने को मिलते रहते हैं। कुछ लोग तो इतनी ज़ोरों से बात करते हैं मानो कि सबको सुनाना चाहते हों, या फिर अपनी शेखी बघार रहे हों। दूसरी ओर कुछ महिलाएं तो इतना खुलकर इतराती हैं कि सुनने वाले सहयात्री भी अटपटा सा महसूस करते हैं। लेकिन युवा लड़कियां तो दिखावे की होड़ में सबसे आगे निकल चुकी हैं। अपने बॉय फ्रेन्ड से फ़िल्मी अंदाज़ में आत्मीयता से बात करते हुए, और यह जानते हुए भी कि सहयात्री सुन रहे हैं, उन्हें रत्ती भर भी झिझक नहीं होती। वस्तुतः वह सबके सामने अपने आप को अति आधुनिक होने की डींग भरती हैं।

वजह चाहे जो भी हो, इस प्रकार के लोग तो सहयात्रियों के लिए सिरदर्द होते ही हैं, लेकिन कुछ लोग अन्जाने में ही सहयात्रियों का अच्छा ख़ासा मनोरंजन भी कर जाते हैं। बातचीत कैसी भी हो, आपसी रिश्तों, पारिवारिक तनातनी, झगड़े-फ़साद या फिर प्यार-मौहब्बत की, दूसरों की बातें बहुत चटपटी लगती हैं और सुनने में बहुत स्वाद आता है। मैं भी सफ़र के दौरान दिल्ली मैट्रो की इस निशुल्क मनोरंजन सेवा का आनन्द लेता हूं और उसके कुछ अंश पाठकों के लिए प्रस्तुत करता हूं।

मैट्रो में दो मित्र यात्रा कर रहे थे कि अगले स्टेशन पर एक अन्य यात्री ने बोगी में प्रवेश किया। वह व्यक्ति उन दोनों का परममित्र प्रतीत होता था। हाथ मिलाया, प्रेमपूर्वक आलिंगन किया गया और फिर शिकायत की - ओए पम्मी यार इतने दिनों से कहां ग़ायब हो गया था तू, तू फ़ोन भी नहीं उठा रहा था, हमको तो तेरी फ़िक्र होने लगी थी?- एक ने कहा।

- क्या बताऊं यारों मेरे डैडी जी को हार्ट अटैक हुआ था, बस इसी चक्कर में लगा रहा। आज सात दिनों बाद दुकान जा रहा हूं। - गहरी सांस लेते हुए पम्मी ने

जवाब दिया।

- अरे यह कब हुआ, तूने हमें क्यों नहीं बताया? अब कैसी तबियत है?- दूसरे ने उत्सुक्ता से पूछा।

- पिछले शुक्रवार रात करीब नौ बजे अचानक सीने में दर्द उठा, फिर एकदम बेहोश हो गए, शुकर है कि मैं घर पर ही था। मैं एकदम डैडी जी को नई वाली हौंडा सिटी में डालकर अस्पताल ले गया। टाइम से पहुंच गए तो जान बच गई, बस यह समझो कि मातारानी ने बचा लिया।-

- क्या पता चला, क्या रिपोर्ट आई?-

- बड़े सारे टैस्ट हुए, एनजिओग्राफ़ी हुई, तीन जगह ब्लौकेज निकला, सबसे मंहगे वाले इम्पोर्टेड स्टंट पड़वाए हैं मैंने। पैसे की तो बिल्कुल भी परवाह नहीं करी जी। सात दिनों तक डैडी जी की सेवा में लगा रहा।-

- अब कैसे हैं, कहां पर हैं? - पहले मित्र ने पूछा।

- घर पर ही हैं, पूरा आराम कर रहे हैं, दवाइयां चल रही हैं।

- खाने-पीने का परहेज़ भी बताया होगा। -मित्र ने प्रश्न किया ।

- डॉक्टरों ने तो बड़ ज़बरदस्त परहेज़ बताया है। सीख कबाब, टिक्के-शिक्के, लालमीट, तली मच्छी सब बन्द करवा दिये। लेकिन मैंने उनसे रिक्वैस्ट कर के कम घी-मसाले वाले चिकन की इजाज़त तो ले ही ली। -विजेता के से अन्दाज़ में पम्मी बोला।

- यह तो तूने बहुत अच्छा किया, लेकिन उनकी दारू का कैसे होगा? - दूसरे ने फ़िक्र जताते हुए कहा।

- डॉक्टर साहब तो अपनी जान-पहचान के निकले, रोज़ के एक पैग की इजाज़त तो मैंने जैसे-तैसे ले ही ली है। -

पम्मी बहुत गर्व से बोलता जा रहा था। - देखो जी मैंने तो डैडी को अपनी कसम दी है कि आइन्दा से वह इन्डियन व्हिस्की को तो कभी हाथ तक नहीं लगाएंगे। जब भी पीनी हो तो सिर्फ़ स्कॉच व्हिस्की, या फिर इम्पोर्टेड बीयर, बस। साथ ही उनके लिए मैंने इम्पोर्टेड बीयर का एक क्रेट और छः स्कॉच की बोतलें भी लाकर कर उनके कमरे में रख दी हैं। मैं हवा में बातें नहीं करता, पूरी सेवा कर के दिखाता हूं।-

- और पिछला स्टॉक ख़त्म होने से पहले ही नया स्टॉक हाज़िर कर दूंगा।

एक ने कहा - वाह पम्मी वाह डैडी के लिए इतना सेवा-भाव, तुझे मान गए यार!-

दूसरा बोला - आजकल के बेटे तो बस अपने खाने-पीने पर तो खुल कर पैसा ख़र्च करते हैं, माता-पिता पर खर्च करना हो तो हाथा खींच लेते हैं? तेरे सेवा-भाव की

दाद देते हैं यार - कहकर दोनों दोस्तों ने अपने पितृ-भक्त मित्र को गले लगाया और ज़ोरों से उसकी पीठ थपथपाई।

आसपास के सहयात्री उनकी बातें सुन रहे थे, पम्मी जी अपने आपको बहुत गौरवान्वित महसूस कर रहे थे।

हाथ जोड़, नज़रें ऊपर उठाकर, ट्रेन की छत की ओर देखते हुए पम्मी ने भक्ति-भाव से कहा - मैंने तो कुछ नहीं किया जी, बस डैडी के लिए अपना फ़र्ज़ निभाया है, करवाने वाली तो मातारानी है।-

...........समाप्त...........

# अन्नापूर्णा

पढ़ाई समाप्त करने के बाद बालेश्वर ने अपने जिगरी मित्र, देव राज के साथ एक ऑफ़िस किराए पर लेकर साझेदारी में काम आरम्भ किया। रोज़ दोपहर का भोजन दोनों साथ-साथ ही करते थे। बालेश्वर के तो माता-पिता, बहनें इत्यादि पूरा परिवार था, परन्तु देव राज की माता का देहान्त उसके बाल्यकाल में ही हो चुका था। जिस अभागे बालक की माता न हो, अन्य सगे सम्बन्धी होने पर भी वह अपने आप को अनाथ ही महसूस करता है, यह जीवन का कड़वा सत्य है। बालेश्वर तो प्रतिदिन ही अपने घर से भोजन लाता था, परन्तु देव राज कभी-कभी ही ला पाता था। जिस दिन भी उसकी भाभी भोजन बना देतीं थीं, वह ले आता था। दोपहर के समय मित्रों के पास जो कुछ भी खाने का सामान होता था, दोनों साझा करके प्रेम पूर्वक खाते थे। मित्रों के साथ भोजन करने का आनन्द ही निराला होता है।

एक दिन इस ही प्रकार भोजन करते समय बालेश्वर-बाला के घर से आए भोजन को खाते समय, दाल में से एक कंकड़ बाला के मुंह में आया। उसने तुरन्त वह कंकड़ मुंह से निकालकर रख दिया और खाने का डिब्बा बन्द करते समय वह कंकड़ उठाकर खाने के डिब्बे में रख लिया। देव ने बाला की इस हरकत को देखा तो सही परन्तु न ही कुछ कहा और न ही उससे से कुछ पूछा। कुछ महीनों बाद इसी प्रकार खाना खाते समय बाला की रोटी के कौर में एक बाल का टुकड़ा आया तो उसने तुरन्त वह कौर मुंह से निकाल कर अलग रख दिया। पहले की तरह ही, खाने का डिब्बा रखते समय वह बाल-वाला कौर डिब्बे में रख लिया। इस बार भी देव बालेश्वर की इस कार्यवाही को बहुत ग़ौर से देख रहा था।

बाला की ओर पैनी निगाहों से देखते हुए देव बोला " अबे तूने यह बाल वाला कौर किसलिए डिब्बे में वापिस रख लिया, घर ले जा कर इसका आचार डालना है क्या?"

"ओह नहीं यार, बस ऐसे ही रख लिया"

"मैं सब जानता हूं बेटा, बस ऐसे ही तो तू कुछ भी नहीं करता। कोई वजह तो ज़रूर है। पिछली बार भी तूने ऐसे ही किया था। अब सच-सच बता दे किसलिए यह

कर रहा है।" देव ने आग्रह के स्वर में कहा।

बाला झेंपते हुए, नज़रें चुराते हुए बोला, "यार कह दिया न कि कोई वजह नहीं है।"

बाला का टालने वाला जवाब सुनकर देव थोड़ा आवेश में आ गया, झपट कर बाला के पास आया, उसकी बाज़ू पकड़ झकझोरते हुए उसकी आंखों में आंखें डालकर बोला, "ज़्यादा चालाकी मत दिखा, मैं तेरे को बहुत अच्छी तरह से जानता हूं। तू मुझे बेवकूफ़ समझता है क्या? तू यह बाल का टुकड़ा अपनी अम्मां जी को दिखाएगा न? बोल, सच-सच बता।"

अब बाला न तो उसके प्रश्न को टाल सकता था, न ही उसने झूठ बोलने की आवश्यकता समझी। बाला को ऐसा लगा मानो देव उसके अन्दर की बात जानता था। सो उसने कुछ झिझकते हुए कहा "हां, मैं उन्हें बताऊंगा।"

"और सबूत के लिए उन्हें बाल दिखाएगा भी, हैं न।"

"अच्छा अब यह भी बता दे, जिस दिन दाल में कंकड़ निकला था, उस दिन भी घर जाकर तूने अपनी अम्मा जी को कंकड़ दिखाया था न।"

"हां, दिखाया तो था।"

- अम्मा जी की उम्र कितनी है?

- यही करीब 51-52 वर्ष।

- अब यह भी बता कि जब तूने दाल में से कंकड़ निकलने की बात बताई और कंकड़ उन्हें दिखाया तो उन्होंने क्या कहा?

निरन्तर प्रश्नों की झड़ी से बाला खीज गया था, लेकिन मित्र के तेवर देखकर समझ चुका था कि आज वह उसे नाप ही डालेगा। दबी ज़ुबान से बोला - बस उन्होंने यही कहा, "बेटा मैं तो चश्मा लगाकर बहुत ध्यान से, और वह भी दो-दो बार दाल बीनती हूं, फिर भी न जाने कैसे कंकड़ रह गया पता नहीं। चलो अब मैं और भी ध्यान से बीना करूंगी"

- मुझे तो पहले दिन ही शक हो गया था, कि यह तू क्यों कर रहा था। बेटा मैं तेरी फ़ितरत को बहुत अच्छी तरह जानता हूं। बहुत अच्छा किया, मां के बनाए खाने में नुक्स निकाल कर, वह भी सबूत के साथ? मां को अपनी वकालत दिखाता है? मेरा मन करता है कि तेरे लिए मैं ताली बजाऊं। वैलडन! वैलडन! -

देव के चेहरे से बाला के प्रति रोष साफ़-साफ़ झलक रहा था और डांटते हुए उसने बाला को जो कुछ भी कहा वह बाला के जीवन का बहुत महत्त्वपूर्ण सबक बन गया जो वह कभी भी भुला न सका।

देव क्रोध में बेलगाम बोले जा रहा था।

- तेरे को शर्म नहीं आती, अपनी मां के बनाए खाने में नुक्स निकालता है? क्या तू जानता है कि मां कितनी शिद्दत, लगन और मेहनत से परिवार के लिए खाना बनाती है। खुशनसीब होते हैं वे लोग जिनको अपनी मां के हाथ का बना भोजन नसीब होता है। मुझसे पूछ, मैं जानता हूं मां के हाथ के खाने की कीमत।

बाला के पास कहने को कुछ भी न बचा था, वह एकटक मित्र की ओर देखता रहा और ध्यान से सुनता रहा

- जितनी आत्मीयता, प्यार और निष्ठा से मां भोजन बनाती है, वैसे दुनिया मे कोई भी नहीं बना सकता। यह भोजन नहीं बल्कि मां का आशीर्वाद होता है, अमृतस्वरूप होता है। सारी पढ़ाई-लिखाई खड्डे में डाल दी क्या? जानता नहीं, मां को तो देवी अन्नापूर्णा का ही रूप कहा गया है। क्या कभी सोचा है कि तेरी शिकायत से अम्मां जी के दिल को कितनी तकलीफ़ पहुंची होगी। यार यह तूने बहुत बुरा किया अपनी अम्मां जी के साथ।

- क्या तूने कभी मां की दिनचर्या पर ध्यान दिया है। जब सारा घर आराम से सो रहा होता है तो मां सुबह उठकर सबसे पहले अंगीठी जलाती है, सबके लिए चाय बनाना, फिर बार-बार आवाज़ दे सबको उठाना, नाश्ता करवाना, सबके लिए दोपहर का भोजन बनाकर पैक करना। सीमित समय में यह सब कुछ करने में जानता है कितनी मेहनत लगती है? लेकिन मां कभी भी शिकायत नहीं करती, सब काम खुशी-खुशी करती है। मैं यह भी जानता हूं कि तुम्हारे परिवार में सुबह पांच लोगों का टिफ़िन बनता है। एक बार ज़रा सोच के तो देख कि जब तूने उनको कंकड़ दिखाकर शिकायत की होगी तो उनको कितना दुःख हुआ होगा।

- मेरी बात याद रखियो! मां द्वारा दिया गया भोजन ही सर्वोत्तम भोजन होता है।

देव की ज्ञानवर्धक बातें सुनकर बाला नतमस्तक हो गया, इतने वर्षों की मित्रता के बाद उसे आज पता चला था कि उसके मित्र का हृदय कितना कोमल व संवेदनशील है। माता और पारिवारिक सम्बन्धों की कितनी गहरी और अच्छी सोच वह रखता है, आज उसने जान लिया था। उसकी एक-एक बात से बाला पूर्णतयाः सहमत था क्योंकि उसकी बातों में सच्चाई थी। वास्तव में मित्र ने उसकी आंखें खोल दीं थीं और मन ही मन वह देव की प्रशंसा कर अपने आप को कृतज्ञ महसूस कर रहा था।

देव आयु में बालेश्वर से करीब दो वर्ष बड़ा था, सो बाला की ग़लतियों पर डांटने का हक भी रखता था। अपने कार्य के दौरान अनेक आर्थिक और वित्तीय मामलों पर उनकी खूब बहस होती रहती थी, परन्तु आज का मुद्दा बहस करने का था ही नहीं।

देव ने और तर्क देते हुए कहा, "यह तो हम जानते ही हैं कि होटल, ढाबे या फिर रेस्तरां आदि में भोजन बनाते समय स्वच्छता तथा गुणवत्ता की कितनी अनदेखी की जाती है, आंखों के सामने स्वच्छता मानकों की धज्जियां उड़ाई जाती हैं, परन्तु वहां हम चुप रह जाते हैं, सब गन्द-मन्द चुपचाप खा जाते हैं।"

बाला ने इस विषय पर गहन विचार किया तो अपने आप को दोषी पाया। सोचने लगा - क्या मैं अपनी मां को अपनी होशियारी दिखा रहा था, या फिर मैं यह बताना चाहता था कि मैं कितना पारखी हूं। जो भी हो, मां द्वारा दिए गए भोजन में त्रुटि बताकर एक बार तो अपराध कर ही चुका था, परन्तु वही अपराध दोहराने से उसके मित्र ने उसे बचा लिया था। बाला मन ही मन पश्चाताप करने लगा - इससे पहले भी कई बार वह अम्मा के बनाए भोजन में दोष निकाल चुका था। काश यह ज्ञान उसे पहले मिल गया होता तो वह ऐसा कभी न करता।

लेकिन जब आंख खुले तभी सवेरा। उस दिन से बाला ने दृढ़ निश्चय कर लिया कि आइन्दा से वह कभी भी मां के हाथ का या फिर गृहणी द्वारा प्रदान किए भोजन का न तो कभी निरादर करेगा और न ही उसमें नुक्स निकालेगा। आधुनिक युग के बच्चों, युवाओं और समस्त पुरुषवर्ग को बाला की ग़लती से सबक लेना चाहिए और जो भूल उसने की, वह कभी न करें।

...........समाप्त.............

# पंक्चुअल साहब

दिल्ली के विकास मार्ग पर टूटी-फूटी पुरानी बैरैक्स में बिक्रीकर विभाग का ऑफिस लम्बे अर्से तक रहा। बैरैक्स के बाहर खुले वरांडे में व्यापारियों, वकीलों आदि के बैठने के लिए रखी गई घटिया बेंचें करदाताओं के प्रति सरकार के रवइये को दर्शाती थीं। मई का महीना था, लू के थपेड़े और ऊपर से रह-रह कर धूल भरी आंधी के झोंके। सामने ही दिल्ली पुलिस के विशाल हैडक्वार्टर का निर्माण कार्य बहुत ज़ोरों पर था जिसकी उड़ती धूल वातावरण को और भी दूषित और कष्टदायक बना रही थी। इन ही विकट हालात में क्या व्यापारी क्या वकील, सब ही बैरैक्स के वरांडे में बैठे कर-निर्धारण के लिए अपनी बारी की प्रतीक्षा कर रहे थे। मैं भी अपने मुवक्किल के साथ उस असह्य वातावरण में प्रतीक्षा कर रहा था।

साढ़े ग्यारह बज चुके थे लेकिन एस.टी.ओ साहब नहीं आए थे। पूछने पर स्टाफ़ व चपरासी ने तपाक से रटा रटाया जवाब दिया - बस साहब आने ही वाले हैं, रोज़ तो टाइम से आते हैं बस आज ही थोड़ा लेट हो गए हैं।

इन्तज़ार में बैठे सब लोग भुनभुना रहे थे, हताशा के माहौल में कुछ इस प्रकार की बातचीत चलने लगी।

एक व्यक्ति ने कहा - हमारे देश में करदाताओं से जितना बुरा व्यवहार किया जाता है, उतना दुनियां के किसी भी देश में नहीं होता होगा, यहां के हालात कभी नहीं सुधर सकते।

दूसरे ने कहा - हमारे देश के लोग मर चुके हैं, अन्याय के ख़िलाफ़ आवाज़ उठाने की हिम्मत किसी में नहीं है। इनकी शिकायत विभाग के उच्च्व अधिकारियों से करनी ही चाहिए।

पहले ने कहा - भाई साहब शिकायत तो कर दें, परन्तु कहीं भी सुनवाई नहीं होती।

तीसरे व्यापारी महोदय ने कहा - अजी हम तो टैक्स भी देवें, बही-खाते उठाए-उठाए इनके दफ़तर के चक्कर काटें, इनकी जेबें भरें सो अलग और फिर भी हम ही चोर कहावें। अंधेरगर्दी की तो हद ही हो गई है।

एक अन्य व्यापारी महोदय बोले - शिकायत करने से कुछ नहीं होता। और यदि हिम्मत कर के शिकायत कर भी दो तो यह सारा का सारा महकमा ख़िलाफ़ हो जाएगा, हमारा व्यापार करना कठिन हो जाएगा। यह सारे सरकारी कर्मचारी मिले हुए होते हैं।

एक वकील महोदय बोले - आपने ठीक कहा, सरकारी लोग तो एक दूसरे का साथ देते हैं लेकिन समस्या यह है कि हम लोग एक दूसरे का साथ नहीं देते -

अब यह बातचीत एक पब्लिक डिबेट में तब्दील हो चुकी थी और सब एक जमघट लगाकर खड़े थे। मैं उनके बीच खड़ा बहुत ध्यानपूर्वक उनका वार्तालाप सुन रहा था।

मैंने कहा - जनाब आप लोग व्यापारी हैं, करदाता हैं, देश के प्रतिष्ठित नागरिक हैं, इतना डरपोक मत बनिए। थोड़ी सी हिम्मत करके शिकायत तो कीजिए, आपकी शिकायत का असर अवश्य ही होगा।

एक व्यापारी ने कहा - कहते तो सब हैं लेकिन शिकायत करने की हिम्मत कोई नहीं करता।

अब मुझसे रहा नहीं गया और बोला - चलिए मैं उठाता हूं आवाज़, अगली बैरैक में ऐसिस्टेंन्ट कमिश्नर साहब बैठे हैं। चलिए उनसे शिकायत करते हैं कि साढ़े ग्यारह बजे तक एस.टी.ओ साहब नहीं आए हैं। मैं सबसे आगे चलता हूं, आइए मेरे साथ।

सबने चुप्पी साध ली, किसी ने भी न तो कुछ कहा न ही कोई प्रतिक्रिया दी। बस इधर-उधर देखने लगे। सब लोग जमघट छोड़कर बैंचों पर जा बैठे और लगा जैसे आम सभा एकदम बर्खास्त हो गई।

इस सब बातचीत के दौरान मैंने देखा कि एस.टी.ओ. साहब का चपरासी बहुत ध्यान लगाकर हमारी बातें सुन रहा था। उसने यह भी देखा कि मैं सबको शिकायत करने के लिए प्रेरित कर रहा था। उसके हाव-भाव देखकर मुझे पूरा-पूरा यकीन था कि वह हमारी बातचीत अवश्य ही अपने साहब को बताएगा और मैंने अपने आप को ऐसी स्थिति से निबटने के लिए मानसिक रूप से तैयार कर लिया था। वास्तव में जब भी मैं कोई सामाजिक मुद्‌दा खुलेआम उठाता हूं, तो पहले ही से आकलन कर लेता हूं कि मुझे किसका, किन सवालों का और किन हालात का सामना करना पड़ सकता है।

आख़िरकार करीब बारह बजे एस.टी.ओ. साहब आ ही गए। ऑफ़िस में हलचल हुई, सारा स्टाफ़ और चपरासी साहब के कमरे में हाज़िर हुए, गुड मॉर्निंग सर, गुड मॉर्निंग सर किया गया। प्रतीक्षारत लागों ने राहत की सांस ली कि चलो अब तो कार्यवाही शुरू हो जायगी। मेरे मुवक्किल का नम्बर काफ़ी पीछे होने के बावजूद चपरासी सबसे पहले मेरे पास आकर बोला, "साहब आप को बुला रहे हैं।"

मेरी छठी इन्द्री सजीव हो उठी, तुरन्त समझ गया कि साहब मेरी क्लास लेना चाहते हैं।

मेरे मुवक्किल साहब भी समझ गए कि माजरा क्या है, डरते हुए बोले, "अब क्या होगा सर"

"बस मेरे साथ आइए और देखिए, बहुत अच्छा होगा, आप बिल्कुल मत डरिए। जैसी भी स्थिति होगी मैं बखूबी निबट लूंगा।"

अपने मुवक्किल के साथ उनके कमरे में दाख़िल हुआ तो वह फ़ोन पर बात कर रहे थे। किसी को तुरन्त गैस कनैक्शन दिलवाने का निवेदन किया गया, फिर कुछ लोगों को टैलीफ़ोन कर के बच्चों के स्कूल में दाख़िला करवाने की पूछताछ और मालुमात करी गई। किसी अन्य व्यक्ति से घर पर तुरन्त टैलीफ़ोन लगाने की सिफ़ारिश करने को कहा और अन्त में कुछ रिश्तेदारों, मित्रगणों आदि को अपना ट्रांसफ़र देहली में होने की ख़बर दी गई।

अन्ततः टेलीफ़ोन से फ़ारिक हो कर एस.टी.ओ. साहब हमसे मुख़ातिब हुए। पहले तो सभ्यता से मेरा परिचय लिया। फिर अचानक पैंतरा बदलते हुए, गर्दन टेढ़ी करके पैनी नज़रों से मुझे तरेरते हुए, तीखे से अन्दाज़ में बोले, "आप कुछ देर पहले बाहर लोगों से क्या कह रहे थे? "

पहले से तैयार तो मैं था ही, लिहाज़ा उनकी आंखों में आंखें डाल कर कहा "पहले तो आप मुझे बताइए कि यह सवाल आप ऑफ़िशियल कैपेसिट में पूछ रहे हैं या पर्सनल कैपैसिटी में। "

मेरे जैसे को तैसा वाले टेढ़े अन्दाज़ से वह एकदम चौंक गए। ऐसे खड़तल जवाब की उन्हें बिल्कुल उम्मीद नहीं थी। ज़रा ढीला पड़ते हुए बोले, "किसी भी कैपैसिटी में समझ लीजिए, क्या फ़रक पड़ता है।"

"बिल्कुल पड़ता है।" मैंने पलटकर कहा।

"वह कैसे ज़रा समझाइए तो।" मुस्कुराते हुए पूछा।

मैंने सख्त लहज़े में कहा, "ऑफ़िशियल कैपैसिटी में तो आपको कोई हक नहीं है यह सवाल पूछने का। मैं पब्लिक में बाहर क्या कहता हूं, इससे आपका कोई सारोकार नहीं है।"

"और यदि पर्सनल कैपैसिटी में पूछ रहे हैं तो यह मेरी मर्ज़ी है कि मैं आपको बताऊं य न बताऊं, मैं तो नहीं बताता।"

साहब पर जैसे घड़ों पानी पड़ गया हो। सोचने लगे - कोई वकील या सी.ए. एक

कर निर्धारण अधिकारी से खरी-खरी बात करने की हिम्मत भला कैसे कर सकता है? व्यापारी और उसका वकील तो हमारे सामने याचक की भांति होते हैं, हमेशा हमें खुश करने की कोशिश करते हैं। यह कैसा सी.ए. है? खुलेआम मेरी टांग खींच रहा है, मुझे चुनौती दे रहा है, वह भी मेरे स्टाफ़ और चपरासी के सामने।

और तो और साहब के दरवाज़े पर लटके मलीन और फटे पर्दे से सारी आवाज़ बाहर सुनाई देती है, यह भी वह जानते थे। बाहर कान लगाए प्रतीक्षार्थी सब कुछ सुन और समझ रहे थे।

खिसिया कर मीठी हंसी बिखेरते हुए, खुद-ब-खुद अपने देर से आने के कारणों की व्याख्या करने लगे, "देखिए सर हमारा अभी-अभी दिल्ली ट्रांसफ़र हुआ है। अपना घर सैट करना है, गैस कनैक्शन, बच्चों का दाख़िला, टैलिफ़ोन, आदि का इन्तज़ाम करना है। आप तो जानते ही होंगे कि दिल्ली में सैट होने के लिए बहुत कुछ करना पड़ता है। बस इसलिए ही थोड़ी देर हो जाती है। वैसे तो पंक्चुएलटी में हमारा बहुत अच्छा रिकॉर्ड है।"

एस टी ओ साहब ने पंजाबी की एक मशहूर कहावत को चरितार्थ कर दिया जो कि इस प्रकार है - पहलां तां सामने वाले नू जरकान दी कोशिश करो, न जरके तां खुद ही जरक जाओ - यानि कि, - पहले तो सामने वाले प्रतिद्वन्दी को डराने धमकाने की कोशिश करो, यदि वह न डरे तो खुद ही डर के झुक जाओ।

साहब शिष्टता से बोले, " चलिए छोड़िए इन बातों को, अच्छा बताइए आपका कौन सा केस है। सबसे पहले आपका ही काम करते हैं।" मुश्किल से दस मिनट लगे होंगे, उन्होंने तुरन्त हमारा कर-निर्धारण का ऑर्डर पास कर दिया।

मेरा मुवक्किल व्यापारी बहुत खुश हुआ क्योंकि प्रतिवर्ष कर-निर्धारण करवाने में बहुत परेशान किया जाता था। यहां तक कि प्रत्येक व्यापारी से कहा जाता है कि वह बाबू से अपनी फ़ाइल निकलवा कर लाए। व्यापारी को अनेक बाबुओं के पास भेजा जाता है ताकि हर किसी को व्यापारी को दुहने का मौका मिले। लेकिन इस बार मेरा मुवक्किल इस फ़जीहत से बच गया और हम दोनों मुस्कुराते हुए बाहर आ गए।

पता नहीं कि वह एस.टी.ओ. साहब अब कहां होंगे ? उम्मीद है कि और भी कुछ बना रहे होंगे या नहीं, कम से कम अपना पंक्चुएलटी का रिकॉर्ड तो बना ही रहे होंगे।

..................समाप्त..................

# मामा तारनहार

## 1

प्रेमदासा हवाई अड्डे से जैसे ही जहाज़ ने उड़ान भरी, कुलजीत ने गहरी सांस ली और भगवान का धन्यवाद किया, मन ही मन वाहे गुरु जी का शुक्रिया अदा किया। आज वह अपने जीवन के सबसे वड़े भंवर जाल से निकल कर एक आज़ाद पंछी बनने जा रहा था। हवाई जहाज़ की उड़ान से भी कहीं उँची उड़ान कुलजीत का मन भर रहा था। कैनैडा पहुंच कर वह पहले तो घर में पाठ करवाएगा, फिर दोस्तों के साथ जश्न मनायेगा। इतने दुखदाई जंजाल से निकल कर वह अब अपना जीवन संवारेगा, नई ज़िन्दगी शुरू करेगा।

वह कभी भी बिज़नेस क्लास से नीचे की श्रेणी में यात्रा नहीं करता था। इकॉनोमी क्लास में पैर ढंग से फैला नहीं पा रहा था, लेकिन अपने यातना भरे जीवन से निजात पाने की खुशी में उसे तंग सीट पर भी मज़ा आ रहा था क्योंकि योजना को सफ़ल करने के लिए ही निर्णय लिया गया था कि दिल्ली से चलकर कैनेडा पहुंचने तक वह केवल इकॉनोमी क्लास में ही यात्रा करेगा, जिससे कि उसकी यात्रा को ट्रेस करना कठिन हो जाए। क्या समझ कर एक आधुनिक और धनाड्य परिवार की लड़की से विवाह किया था, और नतीजा क्या निकला?

जवानी में कदम रखते ही उसने मन में निर्णय किया था कि जब वह भली-भॉति ज़िन्दगी मे सैट हो जाएगा तब ही वह विवाह करने की सोचेगा। उसकी माता का देहान्त तो बचपन में ही हो गया था और ग्रेजुऐशन करते ही पिता भी दिल के दौरे का शिकार हो गए। बेचारा कुलजीत 20 साल की उम्र में बिल्कुल अकेला पड़ गया। मासूम सा दिखता, गोरा चिट्टा, हृष्ट-पुष्ट कुलजीत हर किसी के मन में उतर जाता था। मामा भाग सिंह उठाले पर कैनेडा से आए और अनाथ कुल्ली को अपने साथ ही लिवा ले गए । कुलजीत से ज़्यादा भरोसेमन्द कर्मचारी भाग सिंह को भला और कहां मिल सकता था?

भाग सिंह कैनेडा में एक कामयाब बिज़नैस मैन थे। तेल कम्पनियों से लाइज़न का काम करते थे। कुलजीत मेहनती और होशियार तो था ही, सो जल्द ही मामा के लिए बहुत सहायक सिद्ध हुआ। कुछ ही वर्षों में उसने अपने धन्धे में महारथ हासिल कर

ली और कुछ समय बाद अपनी एक बड़ी कम्पनी खड़ी कर के मामा से भी बहुत आगे निकल गया। इतनी कामयाबी के बाद भी उसमें गुरूर नाम की चीज़ नहीं थी। वह हमेशा मामा का बहुत सम्मान करता था, बस एक वही थे जो उसको उपयोगी सलाह देते रहते थे। मामा ने उसे अब शादी करने की सलाह दी और वह चाहते थे कि भारत में से ही किसी कुलीन परिवार की कन्या से विवाह किया जाए। कुलजीत की भी यही इच्छा थी, सो मामा ने अमृतसर, जालन्धर, दिल्ली आदि में अपने जान-पहचान वालों से सम्पर्क करके एक अच्छे से रिश्ते की तलाश शुरू कर दी।

अनेक रिश्ते सुझाए गए जिनमें से एक दिल्ली का रिश्ता दोनों को सबसे ज़्यादा पसन्द आया। बताया गया कि एक डॉ. चड्ढा हैं जिनकी 22 वर्षीया बेटी बहुत खूबसूरत और सलीकेदार है, बी.ए. पास भी है। कुलजीत 26 पार कर चुका था, जोड़ी ठीक लग रही थी। मामा भतीजा लड़की देखने दिल्ली पहुंच गए डॉ. चड्ढा के घर।

लड़की वास्तव में बेहद ख़ूबसूरत थी, एकदम गोरी, तीखे-नैन नक्श, कुलजीत का दिल लड़की को देखकर बाग़-बाग़ हो गया। यह तो उसके सपनों की रानी से भी अधिक ख़ूबसूरत निकली। दोनों को आपस में बात करने बिठाया गया तो कुलजीत ने पूछा "आप ने बी.ए. कहां से किया ।"

"जी घर से।"

"मेरा मतलब है कौन सी यूनिवर्सिटी से।"

"मैनू तां पता नहीं, एडमिशन का फ़ार्म तो डैडी लाए थे जी, मैंने तो सिर्फ़ साइन ही किए थे।"

"आपने बी.ए. का ऐगज़ाम कब पास किया।"

"नहीं जी, ऐगज़ाम तो मैंने पास नहीं किया।"

"क्यों क्या बात हो गई, ऐगज़ाम में पेपर बहुत मुश्किल थे क्या?"

"नहीं जी नहीं, ऐग्ज़ाम तो मैंने कभी दिया ही नहीं।" यह कह कर वह ज़ोरों से हंस पड़ी, "न तो किसी ने कहा और न ही ज़रूरत पड़ी ऐगज़ाम पास करने की। तो मैं परीक्षा क्यों देती।"

"जब आपने बी.ए. में दाख़िला लिया ही था तो परीक्षा देना और पास होना भी तो ज़रूरी होता है"

"देखो जी, डिग्री का नाम ही बी.ए. पास है तो पास तो मैं हो ही गई। देखो जी टिकट लेकर सिनेमा हॉल में घुसने के बाद हम पूरी फ़िल्म देखें य न देखें, कहा तो यही जाता है कि हमने फ़िल्म देखी है। वैसे ही बी.ए. में प्रवेश लेने वाले बी.ए. पास

कहलाते हैं, परीक्षा दें य न दें।"

कुलजीत लड़की का इतना दीवाना हो चुका था कि उसकी मूर्खतापूर्ण बातों को उसका भोलापन समझ रहा था। लड़की ने कुलजीत को बहुत मासूमियत से बताया कि उसे घर में ही रहना और घर को मैनेज करना, सेवा करना, व्यंजन बनाना बहुत अच्छा लगता है। बहुत मीठी-मीठी बातें करके उसने कुलजीत को ख़ूब रिझाया।

भाग सिंह का कहना था कि यदि बात बनती है तो अभी सगाई कर लेंगे, फिर तैयारियां करके एक महीने बाद विवाह करेंगे। परन्तु लड़की के माता-पिता तुरन्त विवाह करने पर ज़ोर दे रहे थे। लड़की पसंद कर ली गई लेकिन मामा ने आपस में सलाह कर के अगले दिन जवाब देने को कह दिया।

जिस रिश्तेदार ने लड़की सुझायी थी उनको शाम को होटल में बुलाया गया और आपस में विचार विमर्श करने लगे। उनको एक नई बात पता चली कि डॉ. चड्ढा वास्तव में डाक्टर हैं ही नहीं। देश के विभाजन से पहले वह लायलपुर में एक डॉक्टर के पास कम्पाउन्डर का काम करते थे और उन्हें दवाइयां, इलाज के बारे में थोड़ा बहुत ज्ञान हो गया था। विभाजन के बाद दिल्ली आ बसे। दिल्ली आकर वह बन गए डॉ. चड्ढा और घर पर ही औषधालय खोल लिया। औषधालय खूब चल पड़ा, कौन देखता है कि डॉ.साहब असली हैं या नकली।

मामा जी को दो-तीन बातों से कुछ शक सा हो रहा था। पहली बात तो यह कि वह विवाह तुरन्त करने को इतने आतुर क्यों हो रहे थे, दूसरे डॉ. चड्ढा फ़र्ज़ी काम करते थे, तीसरे लड़की को बी.ए. पास बताकर झूठ क्यों बोला गया? ओर सबसे अहम यह कि लड़की की मां बहुत अक्खड़ और ठस्से वाली थी। उनका कहना था कि लड़की को जानना हो तो पहले उसकी मां को जान लो क्योंकि लड़की के खोट उसकी मां के आचरण में साफ़गोई से दिखाई दे जाते हैं। लड़की का आचरण भी वैसा ही होना स्वाभाविक होता है। उन्होंने बेझिझक अपनी असन्तुष्टि जताई और कह दिया कि उन्हें परिवार पसंद नहीं था।

कुल्ली का कहना था कि कोई बात नहीं, बी.ए. पास करना कोई ज़रूरी नहीं होता। लड़की की मां का आचरण कुलजीत को ज़रूर बुरा लगा परन्तु रिश्ता सुझाने वाले बिचौलिए ने समझाया "तुम्हारा सास से क्या वास्ता पड़ना है, लड़की तुम्हारे घर आयेगी, तुम्हारे साथ ही रहेगी, हौले-हौले अपने तौर-तरीकों में ढाल लेना उसे। उसकी मां की परवाह न कर, तुम्हें क्या फ़र्क पड़ता है।"

कुल्ली तो लड़की पर लट्टू हो चुका था, मामा का मन तो नहीं मान रहा था परन्तु

कुल्ली की ज़िद के सामने उनको झुकना पड़ा। अन्ततः यही निर्णय हुआ कि लड़की के मां-बाप से क्या करना कि वह ग़लत हैं या ठीक, बस लड़की हमारे लिए ठीक है तो कर लो विवाह। दोनों तरफ़ से हां हो गई। आनन-फानन में विवाह सम्पन्न हुआ। डॉ. चड्ढा के परिवार ने कुलजीत और अपनी नवविवाहिता पुत्री परमजीत को कैनेडा के लिए विदाई दे दी।

## 2

कैनेडा पहुंचकर एक ग्रैण्ड पार्टी का आयोजन किया गया जिसमें भारतीय समाज के सभी गणमान्य परिवार शामिल हुए। इतनी सुन्दर पत्नी पा कर कुलजीत की ख़ुशी का ठिकाना नहीं रहा, अपने सुखद वैवाहिक जीवन के सपने को साकार होते देख उसमें नव उत्साह का संचार हो गया।

प्रवासी भारतीयों के क्लब में कुलजीत का महत्त्वपूर्ण स्थान था और पम्मी रोज़ क्लब जाने की ज़िद करने लगी। क्लब में जिस स्वच्छंदता से वह अन्य सदस्यों, ख़ासतौर पर नवयुवकों से मिलती थी, वह कुलजीत को बिलकुल भी अच्छा नहीं लगता था। पम्मी का पॉव तो घर पर टिक ही नहीं सकता था। कुछ समय बाद पम्मी ने अकेले ही क्लब जाना, नवयुवकों से दोस्ती बढ़ाना आरम्भ कर दिया। बात बर्दाश्त से बाहर जाते देख कुलजीत ने पम्मी को अनेक बार यह सब रोकने को कहा, पर उसने कुल्ली के एतराज़ की परवाह नहीं की। दबी ज़ुबान से लोगों ने पम्मी के आचरण पर सवाल उठाने शुरू कर दिए और एक बार तो मामा ने भी उसको चेता दिया। "कुलजीत पुत्तर, पम्मी कुछ ज़्यादा ही ऐडवांस्ड बन रही है। खुल्लम-खुल्ला जवान मुंडेयां नाल घुमदी फ़िरदी है, इसके इरादे कुछ ठीक नहीं लगते।"

"मामा जी मैं खुद ही बड़ा परेशान रहता हूं, वह मेरी कुछ सुनती ही नहीं। कई बार मैंने पम्मी को समझाया, परन्तु वह मेरी कोई बात नहीं मानती। सच कहूं तो वह बेशरमाई की सब हदें पार कर चुकी है, आउट औफ़ कन्ट्रोल हो चुकी है।"

"वह मुझे बैकवर्ड कहकर मज़ाक उड़ाती है, कहती है - कुल्ली जी ज़रा दिल खुल्ला रखो, मैं बन्दिशों में नहीं रह सकती। डॉक्टर की बेटी हूं, डॉक्टर की, मेरी जैसी हसीन लड़की की कद्र करना सीखो। आप भी मौज-मस्ती करो और मुझे भी करने दो, यही ज़िन्दगी है।"

वहां के भारतीय समाज में पम्मी के चर्चे चलने लगे। अब वह खुल कर शराब पीने लगी, देर रात घर आने लगी और अक्सर पी कर अपना आपा खोने लगी। कुल्ली के ऑफ़िस का सारा स्टाफ़ भी पम्मी की हरकतें जान चुका था। कुल्ली अत्यधिक मानसिक

तनाव से ग्रस्त रहने लगा। उसने मन ही मन निर्णय लिया, "बस अब और नहीं, यह रिश्ता बिलकुल नहीं चल सकता। मुझे अब किसी भी कीमत पर पम्मी से मुक्ति चाहिये।"

अपने हितैषी, मार्गदर्शक मामा जी को अपनी पीड़ा बयान की, "मामा जी, यह लड़की मुझे बर्बाद करने पर तुली है। मेरी ज़िन्दगी भर की कमाई इज्ज़त को उछाल रही है। मुझे बचा लो, कोई तरीका बताइए जिससे मैं जल्दी से जल्दी इससे अपना पिंड छुड़ाऊं। मामा जी मैं सोच रहा हूं इसको दिल्ली ले जाऊं और वहां जाकर तलाक दे दूं।

"न पुत्तर यह ग़लती कभी न करना। हिन्दुस्तान में तलाक मिलना बहुत लम्बी व कठिन प्रक्रिया है। भारत का कानून महिलाओं को संरक्षण देता है और अदालतों का झुकाव हमेशा स्त्रियों की तरफ ही होता है।"

"और सुनो, तलाक की वजह भी बतानी पड़ती है, क्या वजह बताओगे, बोलो?"

"सच-सच जो वजह है वही बताऊंगा।"

"बिलकुल नहीं, यदि सच बता कर उसके चरित्र पर सवाल उठाओगे तो उसका वकील तुम पर बहुत ही सीरियस आरोप लगा देगा। तुम पर यदि उसने घरेलू हिंसा या दहेज का केस दर्ज कर दिया तब पुलिस तुम्हें पकड़ कर जेल में डाल देगी और ज़मानत तक नहीं मिलेगी। सालों साल लग जाएंगे अपने को बेगुनाह साबित करने में। हमारे जैसे एन.आर.आई. को तो बहुत शक की नज़रों से देखते हैं। कानूनी तौर से तलाक देने में सारी उम्र निकल जायेगी और पत्नी को मेन्टेनैन्स देते-देते सारी कमाई लग जायेगी और पुलिस व वकील लूट खायेंगे सो अलग। हिन्दुस्तान जाकर तलाक देने का कदम भूल कर भी न उठाना"

तीन चार दिन तक गहन विचार-विमर्श के बाद दोनों ने पम्मी से पिंड छुड़ाने की एक योजना बनाई व उसको कार्यान्वित करने के लिए रणनीति बना ली गई। योजना अनुसार कुल्ली पम्मी के प्रति अपना व्यवहार एकदम बदलेगा, कभी भी उसके शराब पीने, क्लब-पार्टी में जाने व नवयुवकों से दोस्ती करने पर भी कुछ आपत्ति नहीं करेगा। उसकी हर ग़लत बात का भी अनुमोदन करेगा, उसके माता-पिता की खूब तारीफ़ करेगा और उसका विश्वास जीत लेगा। हमेशा उसका साथ निभाने की बात ही करेगा लेकिन, अन्दर ही अन्दर सदैव एक अच्छे मौके की तलाश में रहेगा।

## 3

कुल्ली कहता, "पम्मी जी तुमने तो मुझे जीना सिखा दिया। वाक़ई में मैं तो मूर्ख ही था, मैं तो तुम्हारी जीने की कला का कायल हो गया। तुम्हारा कहना ठीक है कि ज़िन्दगी तो एक बार ही मिलती है, यदि जवानी में ऐश नहीं की तो किया क्या ज़िन्दगी में।"

पूरी आज़ादी मिलने से अब पम्मी बहुत ही खुश रहने लगी। व्यस्त होने के बावजूद कुल्ली पम्मी के माता-पिता से अक्सर फ़ोन पर बात कर लिया करता और उनकी ख़ूब तारीफ़ करता। अपनी सास को वह बारम्बार धन्यवाद देता कि उन्होंने इतनी सुन्दर व हाई क्लास बेटी उसको दी। पम्मी के माता-पिता भी कुल्ली के कायल हो गए और उसे बहुत पसन्द करने लगे। मामा-भान्जे की चाल को कामयाबी की मंज़िल तक पहुंचाने के लिए बस एक मौके भर की तलाश थी।

आख़िरकार वह मौका बहुत जल्द आ ही गया। दिल्ली में पम्मी के चचेरे भाई का कार दुर्घटना में देहान्त हो गया। गहरे दुःख का मौका था, इसलिए पम्मी और कुल्ली ने भोग समारोह में अफ़सोस के लिए जाने का निश्चय किया। पम्मी के पास दहेज-वरी के गहनों का भण्डार था। कुल्ली ने सलाह दी कि ग़म का मौका है इसलिए थोड़ा सा ज़ेवर ही लेकर दिल्ली चले लेकिन पम्मी ने कुल्ली के मना करते-करते काफ़ी सारे गहने रख ही लिए। वापसी के टिकट के बारे में पूछने पर कुल्ली बोला, "क्या जल्दी है वापस आने की, आराम से दिल्ली घूमेंगे, जब तुम्हारा मन भर जाए तब वापसी का टिकट बुक करा लेंगे।"

सुबह साढ़े ग्यारह बजे उड़ान दिल्ली पहुंची, हवाई अड्डे से दोनों सीधे होटल पहुंच गए। फिर वहां से शाम को भोग सभा में जाना था। कुल्ली ने अपने सास-ससुर को खुश करने के लिए उनको रात को डिनर के लिए न्योता दे दिया। होटल से जब शोक सभा में जाने लगे तो कुल्ली ने कहा, "देख पम्मी शोक सभा के ग़मग़ीन माहौल में बहुत हल्के से ज़ेवर ही पहन चलो।"

"ठीक है, सारे गहने मैं अपने पर्स में ही रख लेती हूं"

"इतनी भीड़-भाड़ में कहां गहने संभालती फिरोगी, होटल के लॉकर में रख देते हैं न। अपने पासपोर्ट वगैरा भी यहीं रख जाते हैं, रात को तुम्हारे मम्मी-पापा के साथ डिनर के लिए होटल वापिस आ ही रहे हैं।" पम्मी ने सलाह मान ली। सारे ज़रूरी कागज़ात व ज़ेवर लॉकर में रख कर होटल की टैक्सी लेकर दोनों शोक सभा पहुंच गए। ड्राईवर को निदेश दिया कि वह टैक्सी में ही उनका इन्तज़ार करे, शोक सभा के तुरन्त बाद वापिस होटल ही जाना है।

जैसा कि आमतौर पर शोक सभाओं में होता ही है, कि सभागार में महिलाओं एवम पुरुषों को अलग-अलग बैठने का प्रबन्ध किया जाता है, महिलाएं एक ओर बैठती हैं और पुरुष दूसरी ओर। कुल्ली बहुत होशियारी से पुरुषों के हिस्से में सबसे पीछे बैठा। लोग बढ़ते रहे, वह पीछे-पीछे खिसकता रहा, अधिकतर लोग उसे नहीं पहचानते थे। अब यही समय था उसको अपनी योजना को कार्यान्वित करने का। चोरी से चारों ओर नज़र

घुमाई, सब भजन कीर्तन में मग्न थे। आज कुल्ली की चुस्ती, होशियारी और कुशलता की परीक्षा थी, या यूं कहो कि आज उसका स्पीड टैस्ट था।

धीरे से उठा, टहलता हुआ सभागार से बाहर निकलकर वॉशरूम गया, जल्दी से कमीज़ के ऊपर एक जैकेट पहनी, काला चश्मा चढ़ा कर हुलिया बदला और आराम से गुरुद्वारे के मेन गेट से बाहर निकल गया।

बाहर आकर पहले पार्किंग की ओर देखा, ड्राइवर गाड़ी के पास ही खड़ा पाकर तसल्ली कर ली, तेज़ी से मेन रोड की ओर बढ़ चला। एक स्कूटर रिक्शा लेकर कुछ दूर तक गया, फिर स्कूटर रिक्शा छोड़कर एक पब्लिक टैक्सी लेकर होटल पहुंचा। तुरन्त अपना ज़रूरी सामान अटैची से निकाल, लॉकर से सारे ज़ेवरात, दोनों के पासपोर्ट वीसा आदि निकाल कर एक छोटे से हैंड बैग में रख लिये। फिर रिसेप्शन पर जाकर हिदायत दी कि चार व्यक्तियों के लिए रात के डिनर का इन्तज़ाम किया जाए और एक टेबुल बुक करवा दी।

अब उसे घड़ी की भागती सुईयों से होड़ लगानी थी, उसे बिना समय गंवाए एयरपोर्ट पहुंचना था। होटल से पैदल ही बाहर निकल, एक सार्वजनिक टैक्सी स्टैण्ड से टैक्सी लेकर एयर पोर्ट के लिए निकल गया। मन में बहुत तनाव था। घड़ी देखी, 6 बज चुके थे, सोचने लगा - अब शोक सभा सम्पन्न होने ही वाली होगी, जब तक पम्मी असलियत समझ पाएगी, तब तक तो वह बहुत दूर, उनकी पहुंच से बाहर होगा। हवाई अड्डे पहुंचने में कम से कम एक घंटा लगेगा, ज़्यादा ट्रैफिक होने पर भी साढ़े सात तक तो पहुंच ही जाऊंगा। मन ही मन मामा जी को याद किया, क्या प्लान है? वाकई में मेरे लिए फ़िल्मी स्टाईल प्लान बनाई है।

जेब से टिकट निकाल कर चैक किया, फ्लाइट का टाइम साढ़े 9 बजे का था। सब कुछ प्लान के मुताबिक चल रहा था। हवाई अड्डे पहुंचने के बाद करीब साढ़े सात बजे उसने होटल में फ़ोन करके डिनर की बुकिंग कनफ़र्म करी, साथ ही यह भी कह दिया कि दस बजे से पहले ही वह सब को लेकर पहुंच जाएगा।

फ़िर डॉ. चड्ढा की क्लीनिक में कम्पाउन्डर से बात की "हां शर्मा जी, मैं कुलजीत बोल रहा हूं, डॉक्टर साहब को बता देना कि मुझे मेरे बचपन का लंगोटिया यार हरप्रीत मिल गया था। वह मुझे सभागार से खींचकर ज़बरदस्ती अपने घर ले गया तो गपशप करने में समय का ध्यान ही नहीं रहा। पम्मी जी से कहो वह सीधा अपने घर चले जाएं, मैंने होटल की टैक्सी बाहर पार्किंग में उनके लिए ही छोड़ी है। मैं नौ बजे उनको घर से लेने आऊंगा, दस बजे होटल में डिनर है न।"

बस अब वह बेसब्री से बोर्डिंग करके फ्लाईट के टेक-ऑफ का इन्तज़ार करने लगा। निश्चित समय पर, साढ़े नौ बजे जब प्लेन ने श्री लंका के लिए उड़ान भरी तब उसने चैन की सांस ली। प्लान की अगली कड़ी भी पूरी हुई। रात एक बजे वह प्रेमदासा हवाई अड्डा, श्रीलंका पहुंच जाएगा। तत्पश्चात केवल अन्तिम कड़ी ही बचेगी, बस एक कनैक्टिंग फ्लाईट लेकर कैनेडा जायेगा और फिर कभी हिन्दुस्तान का रुख नहीं करेगा।

## 4

उधर शोक सभा समाप्त हुई तो सब सम्बन्धियों का आपस में मिलना, एक दूसरे का हालचाल जानना व बातचीत होने लगी। चिरकाल से बिछुड़े मित्र, सम्बन्धी आदि शोक सभा में तो मिल ही जाते हैं, और इसी बहाने सब अपना पर्सनल ऐजेन्डा भी पूरा कर लेते हैं। चाय-पानी करीब एक घंटे चला, उसके बाद लोग धीरे-धीरे विसर्जित होने लगे।

परन्तु यह क्या, शोक सभा विसर्जन के बाद भी जब पम्मी व उसके परिवार वालों को कुल्ली नहीं मिला तो बाहर जाकर देखा। टैक्सी के ड्राइवर को इन्तज़ार करते देख उनको तसल्ली हुई। परेशान होकर इधर-उधर खोज ही रहे थे कि तभी उनके कम्पाउंडर शर्मा जी ने आकर संदेश दिया, ‘‘कुल्ली साहब का फ़ोन आया था, बता रहे थे कि उनका एक पुराना दोस्त मिल गया था, ज़बरदस्ती नज़दीक में अपने घर ले गया।’’

‘‘कह रहे थे कि आपके लिए टैक्सी छोड़े जा रहे हैं। आप घर पहुंचिये, वह नौ बजे डिनर के लिए आपको लेने आ जाएंगे।’’ सबको तसल्ली हो गई। डॉ. चड्ढा बोले ‘‘कोई बात नहीं बेचारा इतने सालों बाद किसी पुराने मित्र से मिला होगा तो भावनावश उसके साथ चला गया होगा। हमारा कितना ख्याल रखता है, देखो जी हमारे लिए अपनी गाड़ी छोड़ गया, साथ में मैसेज भी भिजवा दिया। डॉ. चड्ढा घर पहुंच कर कुलजीत के आने का इन्तज़ार करने लगे, आठ बज चुके थे।

इन्तज़ार करते-करते साढ़े नौ बज गए तो चिन्ता बढ़ गई, हारकर होटल फ़ोन किया तो पता चला कि कुल्ली ने डिनर के लिए टेबुल बुक करवाई थी और कहा था कि वह अपने अतिथियों के साथ 10 बजे तक पहुंचेगे। कुछ समझ नहीं आ रहा था कि माजरा क्या है। बारह बजे तक भी कुछ पता न चला तो सब घबरा गए। बार-बार होटल फ़ोन करने पर भी कुछ पता न चला। मन में भांति-भांति के विचार आने लगे। कहीं कोई अनहोनी तो नहीं हो गई, कहीं किसी ने किडनैप तो नहीं कर लिया? वह पुराना मित्र कौन था, क्या पुलिस की मदद ली जाए? अन्ततः निर्णय हुआ कि रात भर तक इन्तज़ार किया जाए, सुबह कदम उठाऐंगे।

सुबह होते ही पम्मी माता-पिता समेत होटल पहुंची और मैनेजर को सारी समस्या

बताकर सलाह मांगी। मैनेजर ने रिसेप्शन, रूम बॉय और लॉबी स्टाफ़ से पूछताछ की तो पता चला कि कुलजीत साहब साढ़े पांच बजे के करीब आए थे और उनको एक बैग लेकर होटल से बाहर जाते हुए देखा गया था। सब हैरान हुए कि होटल आने की बात कुल्ली ने क्यों छिपाई? मास्टर-की से उनका रूम खुलवाया गया, कुल्ली के सूटकेस में से उसके सब कपड़े व पर्सनल सामान ग़ायब था। लॉकर खुल नहीं पा रहा था, उसका कोड बदल दिया गया था। मैनेजर की मदद से लॉकर खोला तो उसे खाली पाया। पम्मी की सारी ज्वैलरी, पासपोर्ट, वीज़ा आदि सब गायब थे। सब सन्न रह गए। सारा माजरा साफ़ हो गया, सबको समझते देर न लगी कि कुलजीत पम्मी को छोड़कर भाग गया था। पम्मी के माता-पिता ने सिर पीट लिया।

आगे और भी समस्या थी। होटल ने बिल पेश किया तो पम्मी ने बिल का भुगतान करने से साफ़ मना कर दिया। उसकी दलील थी कि न तो उसने बुकिंग करवाई और न ही कोई आर्डर दिया था, इसलिए पैसा कुलजीत से ही वसूला जाए। एक ओर होटल वाले शक करने लगे कि कहीं बिल का भुगतान न करने की नीयत से तो यह नाटक नहीं किया जा रहा था और दूसरी ओर डॉ. चड्ढा ने होटल पर कुल्ली को भगाने का आरोप मढ़ डाला। आखिरकार पुलिस बुलाई गई। पुलिस ने पम्मी के परिवार से सहानुभूति दिखाते हुए होटल को कुलजीत से ही पैसा वसूल करने की हिदायत दे मामला निबटा दिया।

वकीलों से सलाह लेकर पुलिस में शिकायत दर्ज करवाई गई। दिन भर भटकते-भागते दौड़ते देर रात तक सब घर पहुंचे, परन्तु तब तक तो कुलजीत उनकी पहुंच से बहुत दूर जा चुका था।

उधर कुल्ली मध्य रात्रि के बाद श्रीलंका हवाई अड्डे पर उतरा और कैनाडा जाने की अगली फ्लाईट का इन्तज़ार करने लगा। वह अन्दाज़ा लगा रहा था कि दिल्ली में क्या नज़ारा होगा और उनकी हालत सोच-सोच कर बहुत सुखद अनुभव कर रहा था। शाम पांच बजे कुल्ली जी कैनेडा लैंड करके सीधा मामा जी के पास पहुंचे और दोनों ने अपनी योजना की कामयाबी का जश्न मनाया।

दामाद के इस अन्दाज़ में ग़ायब होने से, रिश्तेदारी में बदनामी से पम्मी का परिवार गहरे सदमे में था। कैनेडा में कुलजीत के ऑफिस व घर के फ़ोन पर बात करने कि कोशिश की गई परन्तु बात नहीं हो सकी। पुलिस पर दबाव डालकर दिल्ली एयरपोर्ट से कैनेडा जाने वाली सभी फ्लाईटस की डिटेल्स चैक की गई। किसी भी फ्लाइट में कुलजीत नाम का व्यक्ति नहीं था। कुछ दिनों बाद पुलिस से सूचना मिली कि उसी रात कुलजीत नाम का व्यक्ति श्रीलंका ऐयरवेज़ की फ्लाईट से दिल्ली से श्रीलंका रवाना हुआ था।

बिल्कुल साफ़ हो गया कि कुलजीत पम्मी को एक सोची समझी योजना के तहत छोड़कर भाग गया था। पम्मी के पास न पासपोर्ट, न वीज़ा था। उसके पास अपना अस्तित्व साबित करने का कोई भी काग़ज़ नहीं बचा था, यहां तक कि सारे बेशकीमती गहने भी कुल्ली ले उड़ा था। कई वकीलों से सलाह ली तो बहुत लम्बा और ख़र्चीला विकल्प सुझाया, ऊपर से मोटी फ़ीस लेकिन सफ़लता का कोई भरोसा नहीं। वह जान गए कि वह अब उसका कुछ बिगाड़ नहीं पायेंगे, कुलजीत अपनी ट्रम्प चाल से उन्हें परास्त कर चुका था।

## 5

उधर कुलजीत ने ऑफ़िस और घर में सबको सख़्त हिदायत दे रखी थी कि हिन्दुस्तान से कोई भी कॉल उठाई ही न जाए। वह चाहते थे कि पम्मी या उसके परिवार वाले सिर पटकते रह जाऐं पर बात ही न हो पाए।

कुल्ली तो मामा का धन्यवाद करते नहीं थकता था जिसने अचूक योजना रचकर उसको मुक्ति दिलवाई। मामा जी ने बहुत सूक्ष्मता और गहराई में जाकर प्लान बनाया था जिसमें नाकामयाब होने की सम्भावना बहुत कम थी। योजना के अनुसार दिल्ली से श्रीलंका, और वहां से कैनेडा की फ्लाईट बुक करवाई थी जिससे उसकी यात्रा का सुराग निकालना कठिन हो जाए। सोचा गया कि जब तक पम्मी को पता चलेगा तब तक तो वह कैनेडा पहुंच चुका होगा।

शोक सभा में सबसे पीछे बैठना, यदि कोई सम्बन्धी चिपक ही जाए तो कैसे पीछा छुड़ाना, जब शोक सभा पूरे चरम पर हो तो जायज़ा लेकर तुरन्त सड़क पर आ जाना, वाहन बदलते हुए ही होटल पहुंचना आदि, सब बारीकी से प्लान किया गया था। होटल पहुंचकर पम्मी के सारे काग़ज़ात व ज़ेवरात ले लेना, पम्मी के परिवार को डिनर के झांसे में लटकाए रखना, एयरपोर्ट जाने के लिए होटल की टैक्सी न लेना, रास्ते में एक बार फिर टैक्सी ज़रूर बदलना आदि, सब कुछ तफ़सील से कुल्ली को समझा दिया था।

सबसे महत्त्वपूर्ण था शोक सभा में ग़मगीन और सुस्त बने रहना, परन्तु बाहर निकलते ही चुस्ती और तेज़ी से काम करना। एयरपोर्ट पर शांत, तनावरहित रहना और साधारण व्यवहार करना, यह सब बातें सफ़लता की कुन्जी हैं, मामा के सब निर्देश कुल्ली ने गांठ बांध लिए थे।

मामा ने पूरी कैलकुलेशन करके ही दिल्ली से श्रीलंका के लिए रात 9 बजे की उड़ान बुक करवाई और रात डेढ़ बजे की कनैक्टिंग उड़ान श्रीलंका से कैनेडा की। वह जानते थे कि यदि कुल्ली को ढूंढ़ेंगे भी तो कैनेडा जाने वाली फ्लाइट में। दूसरे कुलजीत का लो प्रोफाईल रखने के लिए ही इकोनॉमी क्लास में ही टिकट बुक कराई गई थी।

केवल इतना ही नहीं मामा जी ने 'प्लान बी' भी बनाया था। यदि किसी वजह से दिल्ली से 9 बजे की उड़ान न पकड़ सके तो रात साढ़े ग्यारह की थाई एयरवेज़ की उड़ान से थाईलैंड चला जाए। इसलिए थाईलैंड का टिकट भी बुक करवा कर उसे थमा दिया था। प्लान बी के मुताबिक वह अगले दिन थाईलैंड से कैनेडा चला जाएगा। पर इसकी ज़रूरत ही नहीं पड़ी, 'प्लान ए' पूरी तरह कामयाब हो गया था। वाह जी वाह मामा भाग सिंह की योजना कमाल की थी। मामा केवल दसवीं कक्षा तक पढ़े थे, परन्तु प्लानिंग व मैनेजमेन्ट में बड़े-बड़े मैनेजमेन्ट गुरु जैसा दिमाग़ पाया था। अपने प्यारे भतीजे की जीवन नैय्या को भंवर से निकाल कर उसे नवजीवन प्रदान किया था।

..............समाप्त..............

# जुगाडू गृहणी

आज के दौर में हर एक व्यक्ति की सबसे चहेती और प्यारी वस्तु यदि कुछ है तो वह मोबाइल फ़ोन ही है। देहली की मेट्रो की बोगी में चारो ओर यदि नज़र घुमाकर देखें तो करीब-करीब सब ही यात्रियों को अपने मोबाइल में ही आंखें गढ़ाए पाऐंगे। दोनों कानों में ठुंसे प्लग, वहां से निकलते तार, ओंठों से माइक लगाए वार्तालाप में खोए रहते हैं। इससे बिलकुल बेपरवाह कि आसपास के यात्री सुन रहे होंगे, ऊंची आवाज़ में बात करके वह सहयात्रियों को भी अपनी बातचीत में सहभागी बनाते से लगते हैं।

लोगों के घरों के झगड़े-टंटे, सास-बहुओं की तकरार हो या फिर ऑफ़िस की समस्याएं, जो चाहिए उसी विषय पर वार्तालाप आप सुन सकते हैं बशर्ते कि यात्रा के दौरान अपने कान-आंख खुले रखें। रोज़ाना यात्रा करने वालों को तो नित नए, एक से एक मज़ेदार वाक़्ये सुनने का आनन्द मिलता है। ऐसा ही एक दिलचस्प किस्सा प्रस्तुत करता हूं।

मेट्रो में वरिष्ठ नागरिकों के लिए आरक्षित सीट पर बैठा था कि आधुनिकता के मेकअप में लिपटी एक महिला मेट्रो में मेरे बराबर की ख़ाली सीट पर बड़े बेढंगपने से धप्प से आ बैठीं। बैठते ही उनके मोबाइल की घंटी बजी तो उनकी बातचीत आरम्भ हुई और साथ ही आरम्भ हुआ सहयात्रियों का मुफ़्त में मनोरंजन।

- हैलो, पैरी पैना मम्मी जी, सब ठीक है, आप कैसी हैं जी? मैं, मैं तो फ़ीस जमा करवाने बच्चों के स्कूल जा रही हूं। अच्छा जी क्या आप हमारे घर आ रही हैं? हां जी हां ज़रूर आइए, आप ही का घर है, आपको भी क्या पूछने की ज़रूरत है?

- कैसे बताऊं मम्मी जी यहां पानी की बड़ी ज़बरदस्त किल्लत है, तीन दिनों से पानी की एक बूंद नहीं आई, बस गली के बाहर टैंकर आता है, हमारी पतली गली में तो आ नहीं सकता। लम्बी लाइनों में लग कर, धक्का-मुक्की कर के बाल्टियां भर-भर कर लाते हैं, बस किसी तरह गुज़ारा कर रहे हैं। क्या बताऊं मम्मी जी बहुत ही बुरा हाल है

- नहीं- नहीं मेरा यह मतलब नहीं है मम्मी जी, आप तो आ ही जाइए, किसी भी तरह से आपके पानी का इन्तज़ाम तो कर ही लेंगे।

- कहना तो नहीं चाहती मम्मी जी, लेकिन एक समस्या और भी है। यहां तो बिजली भी चार-चार, कभी-कभी तो पांच-छः घंटों तक गुल रहती है। नींद पूरी नहीं हो पाती, समझ नहीं आता क्या करें। लेकिन आप तो ज़रूर आइए, यहां सबको बहुत अच्छा लगेगा। बच्चे तो रोज़ कहते हैं 'दादी को बुलाओ-दादी को बुलाओ।'

- क्या? इरादा बदल दिया? अब आप नहीं आएंगी? मुझे अच्छा नहीं लग रहा। चलिए जी जैसी आपकी मर्ज़ी। ठीक है, तो फिर यही रहा, ज़रा गर्मी कम हो जाए, दो-तीन महीने बाद आप ज़रूर आइए। चंगा जी, नमस्ते, पैरी पैना जी। -

फिर महिला ने एकदम फ़ोन मिलाकर बात की - हां शीनू, ओए तू कैसी है यार? बस हमारा प्लान कामयाब हो गया, मैंने बड़ी होशियारी से बुड्ढी का पत्ता काट दिया है।

- हा हा हा, तू मुझे क्या समझती है, उड़ती चिड़िया के पर पहचान जाती हूं। मैं तो कल इनकी बातों से ही भांप गई थी कि सासू को आने का न्योता दे दिया है, सो मैंने भी तुरंत चाल चल दी।

- उनकी चिन्ता तू न कर, इनको तो मैं अपनी अन्टी में रखती हूं, घर की मालकिन हूं मैं, समझी। माना कि मैं कामकाजी महिला नहीं हूं, तो क्या हुआ, घर और पति-संचालन के सारे फ़ार्मूले जानती हूं।

- अब मेरी बात ज़रा ध्यान से सुन, जीजू को लेकर आज शाम तक आजा, दो दिनों की छुट्टी पड़ रही है, खूब मज़े करेंगे।

- हां-हां वो इन्तज़ाम तो मैं कर ही लूंगी, तू तो बस कैन्टीन वाली बोतलें लाना मत भूलियो।

- अरे इनके बस का कुछ नहीं है, जीजू ही कर सकते हैं, और सुन दो-दो लाना, दो रातों के लिए। इनको काबू करने के लिए काफ़ी रहेंगी।

- तू बच्चों की चिन्ता न कर, पूरी ट्रैनिंग दे रखी है, खाना खिला कर जल्दी ही सुला दूंगी, फिर तो हमारी मौजां ही मौजां। अकेले तो यह साले हमें मौका नहीं देते, चलो इनके साथ ही सही।

- तू कहां पर है। मैंने पहले तो बच्चों के स्कूल की फ़ीस जमा करवाई, फिर पार्लर से फ़ेशियल कराया, अब मैट्रो से घर जा रही हूं।

- ठीक है घर पहुंचते ही मैं बर्फ़ जमा दूंगी, अब ज़्यादा बातें नहीं, मुझे ज़रा इन की भी ख़बर लेनी है। तू तो बस जल्दी से आजा, ओ के, बॉय।

फिर महिला ने एक और फ़ोन मिलाकर कुछ ऊंचे स्वर में - हांजी क्या हो रहा है? मैं तो घंटों फ़ीस की लाइन में लगी रही, अब जमा करवाकर वापिस घर जा रही

हूं। और सुनो, अभी-अभी शीनू का फ़ोन आया था, कह रही थी कि तुम्हारे साढ़ू भाई तुम्हें बहुत याद कर रहे थे, तो मैंने उन्हें आज ही शाम को घर पर इनवाइट कर लिया है। शायद कैन्टीन से कुछ माल भी लेकर आएंगे।

- न न! मैंने कुछ नहीं कहा, शीनू ख़ुद ही कह रही थी।

- देखो जी अब नखरे मत दिखाओ, वह तो तुम्हारी बहुत इज्ज़त करते हैं, हमारा भी तो कुछ फ़र्ज़ बनता है। अब कोई न नुकुर नहीं सुनूंगी।

- हां हां ठीक है समझ गई, बस आप समझ लो कि आपको ज़रा जल्दी आना है, बस हो गया फ़ाइनल।

फिर एक और नम्बर मिलाया गया - हां बेटी सोनिया, मम्मी बोल रही हूं। अभी तुम दोनों घर पहुंचे या नहीं। ठीक है, घर पहुंचकर दोनों खाना खा लेना। अब ज़रा फ़ोन स्पीकर पर डालो और राहुल को भी सुनाओ।

- सुनो, मैंने फ़ैसला किया है कि तुम दोनों मरियम आन्टी का एक वीक वाला डान्स कैम्प जॉइन कर लो, मैं फ़ीस के पैसे दे दूंगी।

- ओके-ओके, ओह मेरे बच्चों! तुम्हारी ख़ुशी के लिए ही तो मैं सब कुछ करती हूं। लेकिन तुम्हें भी मेरी एक बात माननी होगी। वह यह है कि रोज़ रात को जल्दी खाना खा कर साढ़े आठ बजे तक तुम दोनों को सोना होगा क्योंकि अगली सुबह डान्स कैम्प में जाना होगा। इसलिए नो टीवी-शीवी। ठीक है, मंजूर है न, यह बात ज़रा राहुल को भी समझा दो।

- वैरी गुड, तो आज से तुम दोनों आठ बजे खाना खाओगे और साढ़े आठ बजे सो जाओगे, कोइ न नुकुर नहीं सुनूंगी। ओके, बॉय मेरे बच्चों।

- महिला एक लंबी चैन की सांस लेकर, ताली ठोकते हुए धीमे से बोलीं ''लो जी अब तो अपना सारा इन्तज़ाम पक्का हो गया।

एक चतुर गृहणी ने अपने पंद्रह मिनट के सफ़र में सहयात्रियों को ईवेन्ट मैनेजमेन्ट के गुर सिखा दिये, वह भी मुफ्त में।

....समाप्त....

# बाज़ार की चाट

## 1

रात के साढ़े बारह बज चुके थे, जमुना देवी दिनभर की भागदौड़ से थककर चूर हो चुकी थीं। अपने कमरे में चारपाई पर लेटकर सोने का प्रयास करने लगीं, पर आंखो से नींद बहुत दूर थी। मिटट्री के तेल के छोटे से लैम्प की धुंधली सी रोशनी में बराबर की खाली पड़ी चारपाई पर देखा तो आंखे भर आईं। इतने बड़े कमरे में आज पहली बार वह अकेले सोने जा रही थीं। किसी बच्चे ने भी उनके पास सोने की इच्छा नहीं ज़ाहिर की। एक बार सोचा भी कि छुटकी को बुला लूं पर न जाने क्यों वह अपने कमरे की गहरी ख़ामोशी में किसी को भी भागीदार बनाना नहीं चाहती थीं।

अचानक चटपटिया की आवाज़ नज़दीक आती सुनाई दी तो समझ गईं कि इतनी रात गए तो केवल मुन्शी जी ही हो सकते हैं। कमरे में घुसते ही बोले, "अरी जमुनी आज लैम्प नहीं बुझाओगी, क्या अकेले में डर लग रहा है।"

जमुना कुछ न बोलीं बस उठ कर बैठ गईं। "अरे उठो नहीं आराम करो बहुत थक चुकी होंगी।" कहते हुए अपने कमरे की ओर चल दिए। मुन्शी जी पर परिवार में ग़मी का कोई ख़ास असर नहीं जान पड़ता था ।

अपनी सबसे प्यारी साथिन, सहभागिनी से बिछुड़ने की पीड़ा को वह अकेले ही झेलना चाहती थीं। न जाने क्यों आज अकेले ही इस ग़मगीन माहौल में उन्हें सुकून सा मिल रहा था। पिछले बीस वर्षों से इस ही कमरे में दोनों जेठानी देवरानी साथ-साथ सोती आ रही थीं। वास्तव में देवरानी छन्नो एक पुत्र को जन्म देने के बाद छोटी उम्र में ही विधवा हो गईं थीं। वह मुन्शी जी के चचेरे भाई की पत्नी थीं। बेसहारा जान कर मुन्शी जी ने भौजाई को अपने घर में शरण दे दी। मुन्शी जी की ऊपर की कमाई ख़ूब थी, सोचा उनके इतने बच्चों के साथ भौजाई का लल्ला भी पल जायेगा। एक बेसहारा को आश्रय देकर जहां मुन्शी जी को सन्तोष हुआ वहीं समाज और बिरादरी में मान भी बढ़ गया।

मुन्शी गंगा नाथ आठवीं कक्षा तक पढ़े थे हिन्दी, उर्दू और फ़ारसी जानते थे। बुलंन्दशहर के कोर्ट में अहलमद के पद पर कार्यरत होने की वजह से थोड़ी बहुत अंग्रेज़ी भी लिखना-पढ़ना सीख गए थे। पहली पत्नी से कोई सन्तान न हुई और कुछ साल बाद

हैज़े की मार से वह चल बसीं। गंगा नाथ इकतीस पार कर चुके थे, सरकारी नौकरी तो थी ही ख़बर फ़ैलते देर न लगी कि लड़का खाली हो गया है। पहली पत्नी की छोटी बहन जमुना देवी जो कि मात्र 14 वर्ष की थीं अब उनकी ब्याहता हो गईं। शादी के तुरन्त बाद ही जमुना देवी ने घर का सारा काम काज बहुत कुशलता से संभाल लिया ।

गंगा नाथ मेहनती और समझदार तो थे ही पर कचहरी की तिकड़मबाज़ी भी खूब जानते थे। अपना काम निकलवाने के लिए मुवक्किल पैसे देते थे और बिन मांगे लक्ष्मी जी आती थीं। इसके अलावा सब्जी, अनाज, फल, मिठाईयां और उपहार भी मौके-बेमौके आते रहते थे। संगी साथी भी कुछ ऐसे ही मिले और मुन्शी जी को पीने की लत भी लग गई। अक्सर कचहरी से दोस्तों के घर जा बैठते और कचहरी का बस्ता चपरासी से घर पर भिजवा देते और साथ ही देर से आने का संदेशा भी भिजवा देते। मुन्शी जी के एक के बाद एक बच्चे होते गए। 9 बच्चे हुए जिन में से केवल सात ही जी पाए। प्रत्येक एक या दो साल में एक नया मॉडल हाज़िर कर देते थे। इतना बड़ा परिवार, हर उम्र का बच्चा, ऊपर से गाय का चारा-पानी दोहन आदि। सिवाय बड़े बच्चों की कुछ मदद के कोई हाथ बटांने वाला नहीं, जमुना देवी का काम से बुरा हाल था। जब जमुना पांचवीं बार पेट से थीं तब मुन्शी जी के चचेरे भाई कृपा राम का देहान्त हो गया। जमुना की देखभाल और घर संभालने के लिए छन्नो भाभी को सहायता के लिए बुलाया गया लेकिन घर में ऐसे रम गईं कि छन्नो भाभी हमेशा के लिए इस घर की ही होकर रह गईं।

छन्नो से जमुना करीब 5 वर्ष छोटी थीं लेकिन उससे ज़्यादा समझदार और व्यवहारिक। घर के सब लोग, जमुना के बच्चे और आस पड़ौस तक उनको छन्नो भाभी के नाम से ही पुकारते थे। छन्नो का आना जमुना के लिए वरदान साबित हुआ। घर-परिवार व बच्चों की पूरी-पूरी ज़िम्मेदारी दोनों मिलकर बख़ूबी निभाने लगीं। दोनों की आपस में खूब छनती थी।

आज छन्नो की तेरहवीं रीति रिवाज़ो के साथ पूरी हुई थी। भोज में सब नाते रिश्तेदार दूर-दूर से आए, पड़ोसी भी आए। सबके जाते-जाते शाम हो गई और सामान की उठाया-धरी करते-करते रात कब हुई पता ही न चला। अब देर रात जाकर चैन की सांस ली। जमुना ने फिर करवट बदल कर खाली पड़ी बगल की चारपाई पर नज़र डाली। उसने आज भी, रोज़ की तरह, छन्नो का बिछौना बिछा कर तकिया चादर भी सजा दिया था, मानो छन्नो के आने का इन्तज़ार हो।

जमुना के जीवन का एक सबसे महत्वपूर्ण अध्याय समाप्त हो गया था। सबसे गहरी प्रिय सहेली जो उसके हर काम में साझीदार रहती थी, हमेशा के लिए जा चुकी थी और

साथ ही दफ़न हो गए थे वह सारे राज़ जिसकी केवल वह ही साक्ष्य और सहभागिनी थीं। अब वह पूर्णतयः सुरक्षित महसूस कर रही थीं, मानो दिल पर से एक बहुत बड़ा बोझ उतर गया हो।

## 2

छोटे-छाटे शहरों की अदालतों के कर्मचारियों को भी बिन मांगे ही ख़ूब प्रसाद मिलता है। मुन्शीजी अक्सर कचहरी के चपरासी को सामान-काग़ज़ात आदि देने-लेने के लिए घर भेजा करते थे। कचहरी में जो भी उपहार उन्हें मिलते थे उनमें से जो वज़नी सामान यानी कि अनाज, फल, दालें, तेल, गुड़ आदि होता वह अक्सर चपरासी के हाथ ही घर भिजवा दिया करते थे, परन्तु कीमती सामान स्वयं ही लाते थे। चपरासी एक नेपाली था और उसका नाम लखन बहादुर था। हृष्ट-पुष्ट जवान पट्ठा करीब 32-33 वर्ष का रहा होगा। उसके पत्नी व बच्चे गांव में ही रहते थे, बुलन्दशहर में वह अकेला ही रहता था।

एक दिन मुन्शी जी अपना चश्मा घर पर ही भूल गए तो कचहरी से तुरन्त लखन को चश्मा लाने के लिए घर भेजा। जब लखन आंगन के दरवाज़े से घर में दाख़िल हुआ तो सामने ही जमुना उपले थाप रही थीं। दोनों हाथ गोबर में सने, चेहरे पर बाल लटके थे और आंचल गिरा हुआ था। जमुना काम में मशगूल थीं, सो आने की आहट न सुन सकीं। लखन कुछ पल के लिए ठिठक गया, एकटक जमुना का रूप देखता ही रह गया। आज पहली बार उसने महसूस किया कि जमुना कितनी खूबसूरत थी या उसे लग रही थीं। उसको नहीं पता कि वह कितनी देर तक उसको यूं ही ललचाई निगाहों से निहारता ख़ड़ा रहा। अचानक जमुना की नज़रें उठीं तो लखन हड़बड़ा कर बोला ‘‘मालकिन, मुन्शी जी का पढ़ने वाला चश्मा घर पर ही रह गया है, वही लेने के लिए उन्होंने मुझे भेजा है।’’

वास्तव में जमुना को लखन के आने का पता लग चुका था और वह जान चुकी थी कि वह उसको किस निगाह से देख रहा था। उसे भी अच्छा लग रहा था और वह जान बूझकर अन्जान बनने का नाटक कर रही थी।

जमुना बल खाती उठ खड़ी हुई तो सारा का सारा आंचल ढलक गया। -‘‘मेरे दोनों हाथ तो सने हुए हैं, ज़रा पहले मेरा पल्लू तो उठाकर पीछे खोंस दे लखनू।’’ कुछ मस्ती से मुस्कुराते हुए जमुना बोली।

इतना इशारा लखन के लिए बहुत था। क्षण भर को रुका फिर तुरन्त आगे बढ़कर उसने पल्लू का कोना डरते डरते पेटीकोट में खोंस दिया।

‘‘ऐसे नहीं रे, यह तो निकल जायेगा अच्छी तरह से खोंस न।’’ - अब वह इठलाते हुए बोली।

अब लखन की झिझक पूरी तरह मिट गई और जमुना भी यही चाहती थी। अबकी बार उसने पल्लू ख़ोंसा तो पेटीकोट में हथेली तक ले गया। जमुना के शरीर में बिजली सी दौड़ गई।

"आप कहें तो चेहरे पर बिखरी लटें भी पीछे कर दूं" - लखन शरारती लहज़े में बोला।

"हां-हां कर दे। पूछता क्यों है?" गर्दन मटकाकर जमुना बोली।

दोनों एक दूसरे के दिल की बात पूरी तरह समझ चुके थे। लखन ने बहुत ही आशिकाना अन्दाज़ में जमुना के चेहरे के बाल पीछे करते हुए उसके गाल हल्के से सहला दिये।

"अब ज़रा लोटे में पानी लेकर मेरे हाथ तो धुलवा दे, फिर तुम्हें चश्मा देती हूं।"

इधर लखन लोटे से पानी उंड़ेल रहा था तो उधर जमुना सामने झुक कर हाथ धोते हुए मुस्कान बिखेर रही थी। लखन मंत्र मुग्ध सा उसके वक्षस्थल को निहारता रहा। उसके मन में ख्वाहिश घर कर चुकी थी। लोटा ख़ाली हो चुका था, पर उस बेचारे को क्या घ्यान, वह तो बस एकटक जमुना को निहार रहा था। वह तो ख़ाली लोटे को उल्टा पकड़े खड़ा था।

जमुना खिलखिला कर बोली "लखनू खाली लोटे से हाथ धुलाऐगा क्या? और पानी तो ला।"

लखन एकदम चौंक गया जैसे स्वप्न से जागा हो, "मेरा तो जी करता है कि बस आपको ऐसे ही देखता रहूं।"

"बस-बस हो गया, अब चल काम की बात भी कर लें।"

हाथ धोकर आंचल से पोंछते हुए जमुना बोलीं, "चलो मेरे साथ मुन्शी जी के कमरे में, तुम्हें जो चाहिए देती हूं।" साथ ही अपना दांया हाथ प्यार से उसकी पीठ पर फहरा दिया। आज तक वह कभी भी लखन को मुन्शी जी के कमरे में लेकर नहीं गईं थीं। आज का व्यवहार तो कुछ और ही कह रहा था। लखन का दिल तो बल्लियों उछलने लगा। मुन्शी जी का कमरा घर के अन्तिम छोर पर था जहां आना-जाना ज़रा कम ही रहता था और बच्चे तो उसके आसपास फटकते भी नहीं थे।

जमुना ने कमरे में आकर उसका हाथ पकड़ कर हथेली पर चश्मा थमा दिया, "अब बोलो लखन राजा, और क्या पेश करुं तुम्हारे लिए" जमुना की आंखों में ख़ुमार था।

लखन हिम्मत बटोर कर बोला, "सच कहूं मालकिन, आप जैसी सुन्दर स्त्री इतनी मेहनत का काम करते अच्छी नहीं लगती। आप को तो कहीं की रानी होना चाहिए था

रानी।''

कुछ क्षण रुककर नज़दीक आकर बोला, ''जज साहब के बेटे की शादी में आपको देखा था, सच कहूं बला की ख़ूबसूरती है आप में।''

जमुना लजाती हुई उसके और करीब आ कर ''बस अब ज्यादा बातें न बना, आज तक तो तूने कभी मेरी तारीफ़ न की, आज क्या हो गया तुझे?

''कैसे करता मालकिन, कभी मौका ही न मिल पाया, आज मौका मिला तो दिल की बात कह डाली।''

''सच कहूं, तू भी मुझे बहुत भाता है रे। कभी फुर्सत निकाल के आजा तो आराम से बैठेंगे।''

तभी दरवाज़े के पीछे छन्नो को देखकर लखन ठिठक गया।

जमुना ने भरोसा दिया, ''अरे उसकी चिन्ता न कर, वह अपनी ही है, उससे कुछ नहीं छिपा है।''

जमुना का हाथ धीमे से दबाकर बोला, ''मालकिन अभी तो मैं चलता हूं, मुन्शी जी चश्मे के इन्तज़ार में बैठे होंगे, देर हो गई तो खा ही जायेंगे। अब अगले शनिवार को ही आपसे मिलने आऊंगा, ठीक है न।'' कहता हुआ बाहर निकल गया। मुस्कुराते हुए हल्के से सिर हिलाकर जमुना ने सहमति जता दी।

जमुना ने छन्नो से हिचकिचा कर कहा, ''भाभी तुम तो समझ ही गई होगी, तुम से तो कुछ भी छिपा नहीं है। बोलो क्या कहती हो? मुझे तो कुछ डर सा लग रहा है। कहीं मैं कोई पाप तो नहीं करने जा रही?''

''अरी पगली यदि पता चल जाए तो वह पाप हो जाता है और जो न पता लगे वह बस राज़ रह जाता है, यही ज़माने की रीत है। तू कतई चिन्ता मत कर मैं तेरे साथ हूं। जवान गबरु मिल रहा है, और तू कौन सी कम है, तेरे भागों मौका मिला है तो हाथ से न जाने दे, लूट ले मज़ा।''

''पर छन्नो मेरा मन दोराहे पर है। दिल तो बहुत करता है, पर कहीं यह ग़लत तो नहीं है।'' जमुना ने दुविधा व्यक्त की।

''भाड़ में जाए ठीक या ग़लत, कभी-कभी दिल की भी सुन लेनी चाहिए। रोज़-रोज़ घर का खाना खाकर उब जाओ तो कभी कभार हाट-बाज़ार की चाट-पकौड़ी खा लेना कोई ग़लत नहीं होता है। तनिक सा स्वाद ही तो बदला है।'' प्यार से जमुना के हाथ अपने हाथों में लेकर समझाया, ''बिल्कुल मत घबरा मेरी जमुनी, खुल के कर ले अपने मन की। तेरी ओट के लिए मैं हूं न।''

"अरे भाभी तुम तो बहुत ज्ञानी निकलीं, और अब मेरा भी तुमसे यह वादा रहा कि यह वाली चाट पकौड़ी तुम्हें भी ज़रूर खिलवाऊंगी, तुमने भी तो कितने अर्से से कुछ न चखा।" ठहाका लगाते हुए दोनों ने एक दूसरे को प्रेम से आलिंगन में ले लिया।

"लेकिन छन्नो बच्चे भी तो हैं, कैसे हो सकेगा?" जमुना ने चिन्ता व्यक्त की।

"उनकी फ़िकर तू न कर, उसका तरीका है मेरे पास।" छन्नो ने भरोसा दिलाया।

३

मोहल्ले में रोज़ शाम को चौपाल पर बाइस्कोप वाला एक बड़ा सा बक्सा लेकर आता और गला फाड़-फाड़ कर आवाज़ लगाता था।

"पैसा फेंक तमाशा देख,
सौ मन की धोबन देख,
गामा पहलवान की कुश्ती देख,
लंदन देख, पैरिस देख,
विदेशी मेम का डांस देख,
पैसा फेंक तमाशा देख।"

सारे मोहल्ले के बच्चे इकट्ठे हो जाते और धूम मचाते थे। जो आधा पैसा देता वह बाइस्कोप के गोले में मुंह डालकर खेल देखता था। यह उस समय के बच्चों का सबसे पसंदीदा तमाशा था। बच्चों को घर से बाहर टरकाने के लिए छन्नो ने इस ही बाइस्कोप का सहारा लेने की कारगर योजना बनाई।

शनिवार आया तो मुन्शी जी ने लखन को कुछ फल मिठाइयां देते हुए हिदायत दी कि घर में सामान छोड़ता हुआ ही अपने घर जाए और सन्देशा भी दे कि वह चौधरी साहब के घर से खाना खाकर ही देर रात आयेंगे। उनके दोस्तों की शराब की महफ़िल अक्सर शनिवार को चौघरी साहब की हवेली पर ही जमती थी। लखन तो इसी मौके की तलाश में था, लिहाज़ा छैला बनकर शाम होते ही जा पहुंचा मुन्शी जी के घर। वहां जमुना भी सज संवरकर दिल थामे बैठी थी।

उधर छन्नो भाभी ने योजना के अनुसार बड़े बेटे हरिया की हथेली पर दो आने रखकर समझा दिया, "तुम सब आज जी भर कर बाईस्कोप देखना, और सुनो, बाद में सब भीकूराम हलवाई से जलेबी भी खा लेना।"

खुशी के मारे सारे बच्चे सांझ ढलने से पहले ही चौपाल पर जा बैठे और बाइस्कोप वाले की प्रतीक्षा करने लगे। सबसे छोटे लल्ला को छन्नो ने अपनी गोद में संभाल लिया।

जमुना की प्रतीक्षा ख़त्म हुई जब लखन ने दरवाज़ा खटखटाया। जमुना भागकर

मुन्शी जी के कमरे में जा बैठी और छन्नो ने सांकल खोलकर मुस्कुराते हुए स्वागत किया "आओ राजा, सामान इस तख़त पर रख दो और मुन्शी जी का बस्ता उनके कमरे में पहुंचा दो।"

लेकिन उसकी निगाहें तो जमुना को ढूंढ़ रही थी, कुछ कह या पूछ नहीं पा रहा था। वह असमंजस में पड़ गया कि क्या करे। छन्नो तो उसकी दुविधा समझ रही थी। आंखे मटकाते हुए बोली, "ज़रा मुन्शी जी के कमरे में जाओ तो सही छैला बाबू, वहां तुम्हारा इन्तज़ार हो रहा है।"

इशारा समझते हुए वह तुरन्त मुन्शी जी के कमरे की ओर चला, जहां जमुना बेसब्री से उसका इन्तज़ार कर रही थी। इससे पहले कि दोनों कुछ बात कर पाते छन्नो पीछे-पीछे दो गिलास छाछ लेकर आई व मेज़ पर रखते हुए शोखी से हंस कर बोली "अन्दर से सॉकल लगा लेना" और दरवाज़ा भेड़ते हुए बाहर निकल गई।

कुछ समय बाद दोनों कमरे से निकल बरामदे में आए जहां छन्नो उनकी चौकीदारी कर रही थी। "छन्नो भाभी आपका बहुत धन्यवाद, आप तो बहुत अच्छी हैं। हम पर अपनी कृपादृष्टि बनाए रखिएगा।" कहते हुए लखन ने उनका हाथ थपथपाया और बाहर की ओर बढ़ चला।

"आते रहना राजा जी।" जमुना बोली "अब तो हमें बस शनिवार का ही इन्तज़ार रहेगा।"

शनिवार आते रहे और जाते रहे, और साथ ही लखन भी आता-जाता रहा। अब वह छन्नो से भी खुल चुका था। जेठानी देवरानी, दोनों ने चाट-पकौड़ी का जमकर स्वाद लिया। महीनों तक यह सिलसिला बे रोक-टोक यूं ही चलता रहा, परन्तु ऐसे रिश्तों की मियाद बहुत कम होती है। जितना जल्द इनका अन्त हो जाए उतना ही सबके लिए अच्छा होता है।

एक दिन लखन ने बताया कि गांव में उसका घर बाढ़ में बह गया है इसलिए उसे जाना होगा। उसने वादा किया कि वह वापिस आएगा और उनसे अवश्य मिलेगा। पर वह यह नहीं जानते थे कि यह उनकी आख़िरी मुलाकात थी। लखन फिर कभी लौट कर नहीं आया। इधर जमुना आठवीं बार पेट से हुईं तो छन्नो का माथा ठनका, तुरन्त जमुना से पूछा "सच बता ये किसका है?"

"मैं क्या जानूं" जवाब मिला तो छन्नो तुनक कर बोली, "मुझे न चला, मैं सब समझती हूं। औरत को सब पता होता है, मैं किसी से नहीं कहने वाली, भरोसा रख, हम तो सहभागी हैं। सच-सच बता, उसी का है न, बोल?"

"तुम ठीक ही कह रही हो, लेकिन भगवान कसम, मेरे सर की कसम, यह बात आज के बाद कभी मुंह से मत निकालना।"

"यह राज़ अब मेरे साथ ही दफ़न होगा, रात गई तो बात गई, अब अगर लखन कभी आया भी तो मैं उससे निबट लूंगी। तुम बिल्कुल न घबराओ, यह बच्चा मुन्शी जी का ही है। बस बात ख़त्म हुई।" छन्नो ने सान्त्वना दी।

कुछ महीनों बाद जमुना ने एक बालक को जन्म दिया, लेकिन वह शक्लो सूरत में सब बच्चों से कुछ अलग सा था। आख़िर शुद्धि-हवन वाले दिन नाइन ने बक ही दिया "आए-हाए ये निगोड़ा किस पर गया है।" लेकिन छन्नो ने उसे बुरी तरह फटकार दिया था।

कभी-कभार रिश्तेदार, पड़ोसियों ने भी कह डाला कि इसकी छोटी आंखें कुछ-कुछ चीनी लोगों जैसी हैं। शुक्र है कि नेपाली चेहरा किसी की सोच में न आया। बात आई गई हो गई। मुन्शी गंगा नाथ व्यस्त रहते और अपने ही रंग में रंगे रहते थे, उनके पास भला ऐसी फ़ालतू की बातों को सुनने-सोचने का समय कहां था। रिटायरमेंट के बाद मुन्शी जी बीमार रहने लगे थे, चलने के लिए लाठी का सहारा लेना पड़ा, परन्तु शराब पीना कभी न छोड़ पाए। छन्नो के दाह संस्कार में वह लाठी टेकते हुए ही श्मशान घाट गए थे।

अब जमुना को किसी का भय नहीं था। अब यह राज़ कभी भी उजागर न होगा। छन्नो अपने वादे की पक्की निकली, सच्ची सहेली का फ़र्ज़ निभाया। शायद यही वजह थी कि आज जमुना पूर्णतयः तनावमुक्त थीं, मानो मनभर का पत्थर सीने से हट गया हो। स्वच्छन्द वातावरण में विचरते हुए वह निद्रा में भी मुस्कुराती सी प्रतीत हो रहीं थीं। ऐसा महसूस कर रहीं थीं कि जैसे छन्नों के साथ-साथ उसे भी मोक्ष प्राप्त हो गया हो।

...............समाप्त.............

# हमारे सरकारी बैंक

कड़ाके की सर्दी में प्रातः सवा दस बजे एक पब्लिक सैक्टर बैंक की शाखा में कदम रखते ही कानों में तिडक्-तिड़क की आवाज़ें आने लगीं। देखा तो करीब-करीब सारा का सारा बैंक स्टाफ़ काउन्टर के पास जमघट लगा कर खड़ा था। बीचोंबीच एक मेज़ पर मूंगफली, पॉप कौर्न और रेवड़ी का ढेर था और कर्मचारी बड़ी तत्परता से लगातार मूंगफलियां चटख़ा कर खा रहे थे। शायद लोहड़ी या फिर संक्रांत की पार्टी चल रही थी। पहली बार पता चला कि यदि 10-12 लोग इकट्ठे मूंगफलियां चटख़ाएं तो कितनी गूंज होती है।

उनको डिस्टर्ब न करके मैंने मैनेजर साहब की केबिन में झांका, वह अपनी कुर्सी पर विराजमान थे। केबिन में गया तो देखा कि वह भी मूंगफली रेवड़ी का सेवन कर रहे थे, लेकिन एक सुन्दर सी प्लेट में रखकर। ठीक ही तो था, बैंक के मैनेजर हैं तो स्टैन्डर्ड तो मेन्टेन करना ही चाहिए।

मैंने नमस्कार किया तो बस सिर हलके से हिला दिया, ग़नीमत थी कि जवाब तो दिया, वरना सरकारी अफ़सर तो साधारण ग्राहकों को नमस्ते का ढ़ंग से जवाब देना अपने स्तर से नीचे समझते हैं।

गम्भीर सी आवाज़ में बोले, " हां जी क्या सेवा करूं आपकी।"

"मुझे ज़रा लॉकर ऑपरेट करना है।"

"अभी तो स्टाफ़ आया ही है, काम तो शुरू करने दो, पांच मिनट इन्तज़ार करो, कराते हैं आपका काम।" चबाते-चबाते बोले।

मैं केबिन के सामने ग्राहकों के लिए रखे गये टूटी टांग वाले, झूलते सोफ़े पर बैठ कर इन्तज़ार करने लगा। यह तो सभी सरकारी कार्यालयों की रवायत होती है कि ऑफ़िसरों के कमरों से खारिज किया हुआ, टूटा-फूटा सोफ़ा ही रिसेप्शन पर ग्राहकों के बैठने के लिए रखा जाता है। मेरी तरह अन्य लोग भी बेसब्री से, चुपचाप बैठे बैंक का काम शुरू होने का इन्तज़ार कर रहे थे।

कुछ समय बाद चायवाला आया, केतली से सबके लिए चाय डाली गई। सबने अच्छी

तरह से मूंगफली के छिलकों को अपने कपड़ों से झाड़ा पोंछा और चाय का गिलास उठाकर अपनी-अपनी सीट पर जा बैठे। ग्यारह बजे शाखा में काम आरम्भ हो गया।

जो ऑफ़िसर लॉकर से डील करते थे, उनसे मैंने लॉकर ऑपरेट करने के लिए कहा। जवाब मिला, " भाई साहब आपसे पहले भी कई बार कह चुके हैं कि सुबह हमारे पास बहुत काम होता है, लॉकर ऑपरेट करना हो तो बारह बजे के बाद ही आया करो।"

"आप भी जानते हैं कि ऐसा कोई नियम नहीं है, मैं बैंक के पब्लिक डीलिंग के समय में ही तो आया हूं।" मैंने ऐतराज़ करते हुए कहा।

"आप तो जी हमारे मैनेजर साहब से ही बात कर लो, वह ही आपको लॉकर ऑपरेट कराऐंगे।"

उनकी मेज़ छोड़कर मैं मैनेजर की केबिन की ओर चला तो ऑफ़िसर साहब भी अपनी मेज़ से उठकर मेरे पीछे-पीछे चले आए।

मैंने मैनेजर साहब से शिकायत की, "जनाब यह एतराज़ कर रहे हैं, कहते हैं कि लॉकर ऑपरेट करना हो तो बारह बजे के बाद आया करें। बैंकिंग समय के अन्दर तो कभी भी लॉकर ऑपरेट किया जा सकता है।"

इससे पहले कि मैनेजर कुछ कहें, ऑफ़िसर साहब ज़ोर से बोले। "सर जी यह रोज़ सुबह-सुबह आ जाते हैं, सुबह तो काम का बड़ा प्रैशर होता है, मैंने तो रिक्वैस्ट की थी कि बारह बजे के बाद आया करो, यह शिकायत करने आपके पास आ गए।"

"ग़लत बात मत बोलिए, मैं आज छह महीने बाद आया हूं, आपने रोज़-रोज़ कैसे कह दिया? और दूसरी बात, आप मेरे से बहस कर रहे थे, रिक्वेस्ट नहीं की आपने। इतने ग्राहक इन्तज़ार कर रहे थे, ग्यारह बजे तो आप लोग अपनी मेज़ों पर काम करने आए, आपकी सुबह ग्यारह बजे होती है क्या?" मैने जवाब दिया। "और भाई साहब आप सब तो सुबह-सुबह आकर ब्रांच में मूंगफलियां खा रहे थे।"

इस पर वह ज़रा गुस्से से बोले, "आप हमारे खाने-पीने पर ऑब्जेक्ट नहीं कर सकते।"

कामचोरी, ग़लतबयानी और अब झूठ, मुझे भी गुस्सा आ गया क्योंकि इससे पहले भी कई बार वही ऑफ़िसर मुझे परेशान कर चुका था। "ज़्यादा चालाकी मत दिखाओ, मैं आपके खाने-पीने पर नहीं, खाने-पीने के समय पर ऑब्जैक्ट कर रहा हूं, शाखा में काम दस बजे शुरू होना चाहिए, आपने ग्यारह बजे शुरू किया, क्यों?

जानते हुए कि ग़लती बैंक की ही थी और इस कामचोरी में वह भी शामिल थे, मैनेजर ने बात बढ़ाना उचित न समझा, अपने ऑफ़िसर से बोले, "ओए बस कर यार,

बहुत हो गया, पहले इनको लॉकर ऑपरेट करा दे फिर अपना काम कर लेना।''

हम दोनों बाहर चल पड़े, ''और भाई साहब, जाने से पहले मेरे से मिलते जाना'' मैनेजर साहब ने मुझसे कहा।

मेरा मन तो बिलकुल भी नहीं था, मैनेजर साहब से मिलने का, लेकिन फिर भी लॉकर ऑपरेट करने के बाद मैं उनके केबिन में गया।

''देखो जी आपको तो पता ही है, हमारे पास स्टाफ़ कम है, इस ब्रांच में एक अफ़सर और दो क्लर्क शौर्ट हैं, हैड ऑफ़िस अतिरिक्त स्टाफ़ नहीं देता, बताइए हम क्या करें?''

''ब्रांच के मैनजर आप हैं, और बताऊं मैं? इतना तो आप कर ही सकते हैं कि कम से कम टाइम से तो बैंक में काम शुरू करवाऐं, ग्यारह बजे तो आपका स्टाफ़ काम आरम्भ करता है, यह क्या तरीका है?''

''ऐसा नहीं है जी, दरअसल गुलाटी जी के छोटे भाई की शादी की पहली लोहड़ी थी न, सबके लिए ज़रा प्रसाद लाए थे।'' वास्तव में मैनेजर साहब मुझसे बहुत चिढ़ चुके थे और किसी भी तरीके से मेरी खिंचाई करना चाहते थे। कुछ सोचकर फिर पूछा ''आप रहते कहां हैं?''

''मेरा पता तो है ही आपके पास, सिद्धार्थ एक्सटेन्शन में रहता हूं।''

मैनेजर साहब आंखें मिचकाते हुए बोले, ''गुलाटी जी एक बार कह रहे थे कि - आप रहते तो हैं सिद्धार्थ एक्सटेन्शन में और ऐकाउन्ट झन्डेवालान ब्रांच में खोल रखा है, सारे रास्त में उनको कोई और बैंक नहीं मिला क्या, जो इतनी दूर आते हैं?'' वास्तव में गुलाटी के बहाने उन्होंने बहुत भद्दा और तीखा कटाक्ष मेरे ऊपर किया था लेकिन शायद वह मुझे बहुत कम आंक रहे थे।

मेरे आत्म सम्मान को ठेस लगते देख मैंने तुरन्त निश्चय किया कि अब इनका दिमाग़ दुरुस्त करना बहुत ज़रूरी है। मैंने उच्च स्वर में कहा, ''गुलाटी जी रहते तो हैं शाहदरा में और नौकरी करने आते हैं झन्डेवालान, जो कि मेरे घर की दूरी से भी बहुत ज़्यादा है। आपने उनसे क्यों नहीं पूछा कि उनको अपने घर से झन्डेवालान तक के रास्ते में कोई और बैंक नहीं मिला जिसमें नौकरी कर लेते?''

क्रोध से लताड़ जारी रखते हुए कहा, ''मैं इस बैंक को छोड़ूंगा तो मुझे तो दूसरे बैंक मिल जाएंगे, लेकिन उन्होंने यदि नौकरी छोड़ दी तो फिर कहीं नौकरी नहीं मिलेगी, खाने के लाले पड़ जाएंगे। यह जो पतलून लटकाऐ घूमते फिरते हैं न, सब उतर जाएगी, बता देना उनको। और मैनेजर साहब आप, आप कहां रहते हैं, कहां से आते हैं, ज़रा बताइए मुझे, आपका खाता भी खोलूं क्या? आप भी अपने घर के पास ही नौकरी करिए,

रोज़-रोज़ इतनी दूर ऐसी-तैसी करवाने आते हैं?"

मैनेजर को मेरे से ऐसे मुँह तोड़ जवाब की उम्मीद नहीं थी, वह अभी तक मुझे डरपोक समझ रहे थे। पहले तो भौंचक्के से आंखें फाड़े मुझे देखने लगे, फिर एकदम खिसियानी हंसी में बोले, "ओह छोड़ो जी आप तो बुरा मान गए, स्टाफ़ वाले तो ऐसे ही बकवास करते हैं। मैं चाय मंगाता हूं, बैठो जी बैठो, हम आराम से चाय पीते हैं।"

"आपकी इस चाय ने और चाय-पानी ने ही तो बैंकों को डुबोया है। आप बैंक का काम करिए और मुझे भी काम है, चलता हूं।" मैंने अपना ब्रीफ़केस उठाया और बाहर चल दिया। फटकार खाकर मैनेजर साहब चुपचाप मुझे बाहर जाते हुए देखते रहे।

.............समाप्त...............

# सरकारी टक्कर

सुबह ऑफ़िस जाने की मारामारी में देहली की सब सड़कों पर वाहन रेस लगाते से प्रतीत होते हैं। हर कोई अपना वाहन लाल बत्ती होने से पहले ही क्रॉसिंग के उस पार ले जाना चाहता है मानो इसके बाद कभी हरी बत्ती होगी ही नहीं।

ज़ाकिर हुसैन मार्ग पर मैंने हरी बत्ती को पार किया तो ट्रैफ़िक रुका पाया, मेरे पीछे तीन चार कारें और भी थीं। मैंने कार थामी ही थी कि पीछे से बहुत ज़ोर से ध-डा-ा-म् की आवाज़ आई। तुरन्त समझ गया कि पीछे किसी वाहन ने ज़ोर की टक्कर मार दी है, शायद मेरे तक भी असर आ जाए। अगले ही क्षण दूसरी आवाज़ और मैं पक्का समझ गया कि मेरी बारी भी आएगी। मैंने कार को तुरन्त न्यूट्रल गीयर में डाल दिया जिससे कि जो ठोकर मेरी कार पर लगे, वही मैं अपने आगे वाली कार को पास ऑन कर दूँ, और वही हुआ भी। दूसरी टक्कर कम ज़ोर की, तीसरी और कम, और चौथी मेरे पीछे हल्की सी लगी। मेरी कार ने थोड़ा सा खिसक कर आगे वाली कार को हल्का सा धकेला।

सब अपनी-अपनी कारों से बाहर निकल पड़े। टक्कर मारने वाली एक सफ़ेद अेम्बैसडर कार थी जिस पर था शेर का निशान और लिखा था ''भारत सरकार- मिनिस्ट्री ऑफ़ होम''। सरकारी कार का ड्राइवर ट्रैफिक बत्ती लाल होने से पहले ही चौराहा पार करने की होड़ में कार को बेतहाशा भगाता ला रहा था, लाल बत्ती होने से पहले चौराहा पार भी कर लिया, लेकिन चौराहा पार करने के बाद स्पीड ज़्यादा होने की वजह से रुके हुए ट्रैफ़िक में एक फ़िएट कार में अपनी गाड़ी दे मारी। फ़िएट का बहुत नुक्सान हुआ। दूसरी टक्कर में फ़िएट आगे वाली एक टोयोटा कार से टकराई जिसका नुक्सान कम हुआ। तीसरी टक्कर में टोयोटा ने आगे वाली ज़ैन कार को मारा जिसका हल्का नुक्सान था और चौथी टक्कर में ज़ैन से मेरी कार टकराई। मैंने अपना धक्का बहुत धीमे से आगे पास ऑन कर दिया था, मेरा मामूली सा नुक्सान था। लेकिन मेरे आगे वाली कार का कुछ नहीं बिगड़ा था, सो वह रुका नहीं चला गया।

सरकारी अम्बैसडर कार में से दो लोग जो कि हाव-भाव से उच्च-पदाधिकारी से लग रहे थे, और उनका ड्राइवर बाहर निकले। बिलकुल स्पष्ट दिख रहा था कि अम्बैसडर

कार का ड्राइवर ही दोषी था। फ़िएट वाले की बहुत क्षति हुई थी, उसने बहुत नम्रता से अपनी क्षति-पूर्ति का आग्रह किया। परन्तु सरकारी ड्राइवर की दलील भी कमाल की थी। ''मेरी तो सरकारी नौकरी है, मेरी गाड़ी का भी बहुत नुक्सान हुआ है। मैं अपने ऑफ़िसर को क्या जवाब दूंगा? मैं तो पुलिस कम्पलेन्ट करूंगा''

पलक झपकते ट्रैफ़िक पुलिस के दो कॉन्सटेबल स्वयं ही आ पहुंचे। सरकारी पदाधिकारियों ने उनके कान में धीरे से कुछ कहा तो वह तुरन्त घटना स्थल से दूर जाकर खड़े हो गए।

सबने कहा, ''तुमने तो रुकी हुई गाड़ियों को पीछे से मारा है, ग़लती तो तुम्हारी ही है, किस बात की कम्पलेन्ट करोगे तुम।''

''मेरी ग़लती गई भाड़ में, मैं सरकारी ड्राइवर हूं। कम्पलेन्ट तो मुझे करनी ही पड़ेगी, नहीं तो मेरे ऊपर ऐक्शन हो जाएगा, या फिर मुझे हर्जाना दो''

वाह भई कमाल की दलील है। वह सरकारी आफ़िसर भी अपने ड्राइवर का समर्थन करने लगे। बहुत ढीठता से उसके पक्ष में बहस किए जा रहे थे और अपनी ग़लती मानने को तैयार नहीं थे।

''उल्टा चोर कोतवाल को डांटे, खड़ी गाड़ियों को आपने पीछे से मारा, गलती सरासर आपकी है, आपको चाहिए आप हम सब को हर्जाना दें।'' वह सरकारी लोग हमसे ऐसा बर्ताव कर रहे थे जैसे हम सब मुजरिम हों। आपस में बात कर के फिर हम सबने कड़ा रुख़ दिखाया और साफ़ कहा, ''ठीक है, बुलाओ पुलिस, करो पुलिस कम्पलेन्ट, हम भी करेंगे,'' तो वह ढीले पड़ गए।

साहब लोगों ने ट्रैफ़िक पुलिस के कॉन्सटेबल को बुलाया, हमसे दूर लेजाकर धीमी आवाज़ में कुछ समझाया और फिर इस लहज़े में जैसे कोई न्यायाधीश फ़ैसला सुना रहा हो, बोले, ''चलो-चलो, हम कोई पुलिस कम्पलेन्ट नहीं कर रहे। सब लोग जाइए यह मामला ख़त्म हो गया।''

फ़िएट कार का मालिक, जिसका बहुत नुकसान हुआ था, बेचारा दलील ही देता रह गया। ''भाई साहब मेरा क्या कुसूर है, आपने तो मेरी रुकी हुई गाड़ी पर पीछे से मारा है, मेरा हर्जाना तो दीजिए, मेरी क्या ग़लती है।'' लेकिन सरकारी साहबों ने कुछ न सुनी, चुस्ती से कार में बैठे, फट-फट दरवाज़े बन्द कर कार स्टार्ट कर निकल लिए।

हम सबने चिल्ला-चिल्ला कर ट्रैफ़िक पुलिस के कॉन्सटेबुल से कहा, ''देखिए ग़लती उनकी है, वह तो जा रहे हैं, उन्हें रोकिए।'' लेकिन हमारी फ़रियाद का उन पर रत्ती भर भी असर नहीं पड़ा और बहुत साफ़ शब्दों में जवाब मिला, ''देखो जी यह होम

मिनिस्ट्री की गाड़ी है, पुलिस इनके ही आधीन आती है, इसमें हम कुछ नहीं कर सकते। आप इतने सारे लोग हो तो सही, खुद ही निबट लो।"

फर्राटे से पल भर में सरकारी गाड़ी मौके से नदारद हो गई, और हम चारों जिनकी कारों को सरकारी टक्कर ने मारा था, लाचार खड़े देखते रह गए।

हम में से कुछ लोगों का विचार था कि पुलिस में शिकायत दर्ज कराई जाए परन्तु एक तजुर्बेकार व्यक्ति चिन्ता जताते हुए बोले, "देखिए भाई साहब, हम सब तो साधारण नागरिक हैं, और यह सब हैं सरकारी ऑफ़िसर, वह भी होम मिनिस्ट्री के। आपने ट्रैफ़िक पुलिस का व्यवहार तो देख ही लिया, हमारी तो कुछ सुन ही नहीं रहे थे। और वह सरकारी लोग, एक तो ग़लती करी और ऊपर से चौड़े हो रहे थे। मुझे नहीं लगता कि हमारी सुनी जाएगी। हमारा हित इसी में है कि कड़वा घूंट पी लें और चुपचाप अपने-अपने रास्ते चले जाऐं।"

"एक अन्य सीनियर व्यक्ति ने सलाह रखी आप ठीक कह रहे हैं। लेकिन इन सरकारी ऑफ़िसरों का कोई भरोसा नहीं है, हम सब की गाड़ियों के नम्बर तो उन्होंने नोट कर ही लिए हैं, क्या पता उनका विचार बदल जाए और अपने ड्राईवर को बचाने के लिए हम में से किसी एक-दो के ख़िलाफ़ पुलिस कम्पलेन्ट दर्ज करवा दें। वह ऑफ़िसर तो अपने ड्राइवर के पक्ष में गवाही देकर हम में से एक को फंसवा सकते हैं। फिर उस व्यक्ति को अपने को बचाना बहुत कठिन हो जाएगा। इसलिए हम सब आपस में एक-दूसरे के टैलिफ़ोन नम्बर आदान-प्रदान कर लेते हैं ताकि ऐसी स्थिति में हम सब मिलकर सच सामने लाकर उस अकेले की मदद कर सकें।"

उनकी सलाह को बहुत ही व्यावहारिक व माकूल जानकर सबने आपस में एक दूसरे के टैलिफ़ोन नम्बर साझा किए और सब अपनी अपनी मंज़िल की ओर चल पड़े।

ग़नीमत रही कि ऐसी स्थिति नहीं हुई परन्तु सरकारी लोग हम सबको यह सबक तो सिखा ही गए कि कानून तोड़ने वाला और ग़लती करने वाला डरता नहीं, डराता है बशर्ते कि वह सरकारी मुलाज़िम हो, और यदि होम मिनिस्ट्री का हो, तो कहना ही क्या।

...........समाप्त...........

# गुलेल का खेल

अपने से बड़े लड़कों को गुलेल चलाते देख मेरा मन भी गुलेल से खेलने को बहुत मचलता था। जब भी मैंने यह इच्छा अपनी माता जी को बताई, उन्होंने तुरन्त डपट कर मुझे गुलेल लेने से मना कर दिया। वास्तविकता यही है कि उन दिनों गुलेल रखना अच्छी बात नहीं मानी जाती थी। मुहल्ले के शैतान हीरो किस्म के लड़के गुलेल रखना अपनी शान समझते थे और कमर में लगा कर इसकी नुमाइश भी करते थे। उन्हीं की देखा देखी, मैं अपनी माता के मना करने के बावजूद, दशहरे के दिनों में बिकने वाली एक छोटी सी गुलेल ख़रीद लाया।

पहले तो पेड़ की शाखाओं पर, पत्तों पर निशाना साधने की कोशिश करी। एक-आध बार आसमान में ऊंची उड़ान भरते चील-कौवों पर भी हाथ आज़माया पर निशाना चूक ही जाता था। लेकिन जिस तरह से आसमान में लहराते पक्षी गुलेल से छूटे पत्थरों को चकमा देकर बचते थे, वह नज़ारा बहुत मज़ेदार लगता था। जंगली कबूतरों पर भी निशाना लगाया परन्तु इसमें किसी पड़ोसी के घर पर पत्थर लगने का डर हमेशा बना रहता था। एक बार गली के एक शरारती लड़के को लेकर एक बड़े से मैदान में जा पहुंचा। वहां हमने दूर बैठे जंगली कबूतरों पर गुलेल चलाई। कुछ निशाने लक्ष्य पर भी लगे। अब तो हम अपने को शिकारी समझने लगे। यहां यह भी बता दूं कि यह हरकत हम घर से दूर, घर में बताए बगैर ही करते थे।

एक बार सुबह के समय अपने घर की छत पर हाथ में गुलेल लिए बैठा सोच रहा था कि किस पर निशाना लगाऊं। इधर-उधर गर्दन घुमाई तो सामने मुंडेर पर एक गौरैया को बैठा पाया। मेरी ओर उसकी पीठ थी और वह बहुत चपलता से अपनी चोंच एक बार बाएं, एक बार दाएं हिलाती हुई तीखी लेकिन मधुर आवाज़ में चीं-चौं चीं-चौं स्वर करते हुए नाच-गा रही थी। एक छोटा सा कंकड़ गुलेल में रखकर करीब 20-25 फ़ीट की दूरी से निशाना साध कर दाग़ दिया।

कंकड़ सीधा उसकी पीठ पर जा लगा। पीठ के पंख फैल जाने से उसकी गुलाबी पीठ पर कंकड़ लगते साफ़-साफ़ मुझे दिखाई दिया। एक बहुत लम्बी चीं .... का चीत्कार

करती वह मुंडेर के दूसरी ओर लड़खड़ा कर गिरती दिखी। फिर कोई आवाज़ नहीं आई, एकदम सन्नाटा छा गया। नन्ही चिड़िया की हृदय विदारक चीत्कार सुनकर क्षण भर को तो मैं सहम गया, मेरा दिल बैठ सा गया। मुंडेर के पीछे भाग कर गया, डरते हुए बार-बार चारों ओर ढूंढा, लेकिन कहीं भी उसका पता न चल पाया, समझ नहीं आया कहां विलीन हो गई। कुछ पता न चलने से मुझे सन्तुष्टि ही हुई, सोचा चलो बहुत अच्छा हुआ, बेचारी बच निकली। मैंने चैन की सांस ली। इस वाक़ये को कुछ समय बाद मैं भूल गया।

कुछ दिनों बाद मुझे दरवाज़ों के कब्ज़ों की आवाज़ ख़त्म करने के लिए मोबिल ऑयल की ज़रूरत हुई। मोबिल ऑयल मुंडेर के पीछे एक बग़ैर ढक्कन के डिब्बे में रखा रहता था। जब मैंने डिब्बा उठाया तो मुझे कुछ मोटी सी चीज़ डूबी जान पड़ी। लकड़ी की डंडी से निकालकर देखा तो मैं सन्न रह गया। तेल में डूबा गौरैया का क्षत विक्षत शरीर पाया। गुलेल चलाने का वह दृश्य मेरे मन में कौंध गया, यह कहीं वही गौरैया तो नहीं है जिस पर मैंने गुलेल दाग़ी थी? सोच-विचार करने पर मुझे यकीन हो गया कि इस निरीह का क़ातिल तो मैं ही था। मुझे बहुत क्षोभ हुआ, हृदय वेदना से भर गया, घर में किसी को भी अपनी ग़लती बताने की हिम्मत मुझ में नहीं थी। क्षुब्ध हृदय से मैंने उसके कंकाल को विसर्जित किया, कुछ देर तक मन ही मन चिन्तन-मनन करके एक निर्णय लिया कि मैं जीवन में कभी भी गुलेल नहीं चलाऊंगा।

फिर तुरन्त आल्मारी से गुलेल निकाल कर छत पर ले गया, पहले दोनों हिस्सों को तोड़कर अलग किया, रबर काट कर टुकड़े-टुकड़े कर दिए, फिर गुस्से में कई बार ईंट से कुचला और अन्त में पूरी ताकत लगा कर जितनी दूर हो सकता था फेंक दिया।

हमारे बचपन के समय में गौरैया तो प्रत्येक घर-परिवार का हिस्सा ही होती थी, रोज़ सुबह उनके मधुर कोलाहल से ही नींद खुलती थी। सच कहें तो यह नन्ही चिड़ैया घर के सदस्य की हैसियत से घर-आंगन में चहकती फिरती थी। घर के किसी भी रोशनदान, कोने व दुछत्ती आदि पर बेरोक टोक घोंसले बनाना तो उसका अधिकार माना जाता था। इस हादसे के बाद से मुझे इन नन्ही गौरैया से और भी ज़्यादा लगाव हो गया। मैंने निश्चय किया कि आइन्दा से मैं किसी भी परिन्दे को कष्ट नहीं पहुंचाऊंगा। अपनी ओर से इसे उपयुक्त प्रायश्चित मानकर मैंने अपनी व्यथा से छुटकारा पा लिया।

...........समाप्त...........

# चाचा जी, थाइलैंड वाले

## 1

विदेशों की नाइट लाइफ़ के चर्चे नवयुवकों में इतने शौक से सुने-सुनाए जाते हैं कि स्कूली शिक्षा समाप्त होते-होते उनकी उत्सुक्ता बहुत बढ़ जाती है। हर नवयुवक की तीव्र इच्छा रहती है कि वह किसी भी तरह विदेश जा कर उस माहौल का आनन्द ले। इस विचार से थाईलैंड और वहां के शहर बैंकॉक और फुकेत सबकी प्राथमिकता होते हैं। ऐसा नहीं है कि इसके अन्य विकल्प नहीं हैं क्योंकि पश्चिमी देशों में एक से बढ़ कर एक नाइट लाइफ़ के अड्डे होते हैं, परन्तु थाईलैंड ऐसा देश है जो पश्चिमी देशों के मुकाबले बहुत सस्ता है। ऊपर से नज़दीक होने की वजह से हिन्दुस्तानियों के पसंदीदा मुकामों में यह एक सर्वप्रथम विकल्प बन चुका है। ठहरने को सस्ते होटल, सस्ता खाना पीना, ख़रीदारी के लिए सस्ता सामान, हिन्दुस्तानी भोजन के बहुत से रेस्त्रां और असली वजह, मौज-मस्ती बिल्कुल बे रोक-टोक। वास्तविकता यह है कि हर भारतीय वहाँ जाकर अपने आप को रईस महसूस करता है।

नए नए अमीरी के रंग में रंगे, ख़ास तौर पर छोटे व्यापारी-दुकानदार परिवारों के नवयुवक तो बैंकॉक जाकर तजुर्बा हासिल करने को ही ग्रेजुएशन मानते हैं। भले ही 12वीं कक्षा से आगे पढ़ाई जारी न रखें, परन्तु स्कूल से निकलते ही उनकी पहली इच्छा यही होती है कि वह थाइलैंड के दौरे पर जाएं और अपनी जवानी के ग्रेजुएशन की डिग्री तो हासिल कर ही लें। आमतौर पर देखा-देखी में ख़र्चीले माता-पिता फ़िराक़दिली दिखाते हुए अपने बेटों की यह इच्छा पूरी करने में बिल्कुल नहीं हिचकिचाते।

हिन्दुस्तान वापिस आकर ऐसे नवयुवक अपनी मस्ती के किस्से मिर्च-मसाले लगा कर बड़े गर्व से अपने दोस्तों को सुनाते हैं। ऐसे हीरो टाइप लड़कों की बातें सुन कर लगता है कि बैंकॉक होकर आना एक आवश्यक क्वालिफ़िकेशन बन चुका है। लड़कों में इस प्रकार के वार्तालाप आम हैं, "ओय तू अभी तक थाईलैंड ही नहीं गया, हद हो गई यार। वहां जाकर मौज मस्ती नहीं करी तो क्या किया तूने ज़िन्दगी में, अबे गधे क्यों जवानी बर्बाद कर रहा है।"

बलविन्दर के पिता पैसे वाले भी थे और कारोबारी भी, उसकी भी बहुत तीव्र इच्छा थी थाईलैंड जाने की। उसने अपने ही जैसे एक व्यापारी के पुत्र मीता सिंह के साथ वहां जाने का कार्यक्रम बनाया। मीते ने सुझाव दिया, ''क्यों न हम होटल में न रह कर उसके चाचा जो कि बैंकॉक में बहुत बड़ा बिज़नेस करते हैं, के ही घर जाकर रहें, इससे होटल के पैसे तो बचेंगे ही, साथ ही खुल कर ऐश भी कर सकेंगे।''

''पता नहीं तेरे चाचा को कैसा लगेगा, मैं तो उन्हें जानता भी नहीं, मुझे तो शर्म आएगी, यार मैं उनके घर नहीं ठहरूंगा, वैसे भी वह तेरे सगे चाचा तो हैं नहीं ।'' बलविन्दर-बल्ली ने एतराज़ किया।

''ओए बल्ली यार सगे से भी बढ़ के हैं मेरे चाचा। जब भी दिल्ली आतें हैं हमारे घर ही तो ठहरते हैं। उनसे तो बिल्कुल घर वाली बात है हमारी। बहुत बुलाते है हमें बैंकॉक आने के लिए, हमें देखते ही बहुत खुश हो जाएंगे, बहुत स्वागत करेंगे हमारा, तू देख लेना।''

''देख मीते मेरा तो दिल नहीं मानता। वहां रहेंगे तो हमारी आज़ादी भी ख़त्म हो जाएगी। जो कुछ करने आए हैं वो भी नहीं कर पायेंगे। रात को उनके घर पर आज़ादी तो होगी नहीं। चाचा तो तेरा है, मेरा आना उसे अच्छा नहीं लगेगा, यार मेरा मन नहीं मानता।''

''बल्ली तुझे मेरा विश्वास क्यों नहीं होता? अच्छा चल ऐसा करते हैं, पहले उनके पास चलकर देखते हैं, अगर तुझे अच्छा न लगे तो तुरन्त होटल चले जायेंगे, तेरा फ़ैसला फ़ाइनल रहेगा। अब तो ठीक है न।''

## 2

बैंकॉक हवाई अड्डे से दोनों मित्र सीधे चाचा जी के ऑफ़िस जा पहुंचे। ऑफ़िस चौथी मंज़िल पर था और बिल्डिंग में लिफ्ट नहीं थी। सामान उठाए सीढ़ियां चढ़ते-चढ़ते दोनों बुरी तरह से हांफ़ गए। सुबह के साढ़े नौ बजे थे, उनके ऑफ़िस के कर्मचारी ने बताया कि साहब 10 बजे आते हैं और दोनों को कमरे के बाहर गैलरी में इन्तज़ार करने को कहकर बिठा दिया ।

पूरे 10 बजे चाचा जवाहर सिंह, झक्क सफ़ेद पगड़ी धारण किए ऑफ़िस में दाख़िल हुए। नज़र मिलते ही मीत और बल्ली ने सत श्री अकाल से चाचा जी की झुक कर वन्दना की। कुछ जवाब दिए बगैर ही चाचा जवाहर बहुत आश्चर्य से ऊंचे स्वर में बोले '' ओए मीते तू इधर क्या कर रहा है, कित्थों आया हैं।''

''चाचा जी सीधा दिल्ली तों आ रहे हां।''

"लेकिन क्यों आए हो, की करन आए हो।"

" चाचा जी बस थोड़ा घुम्मन-फ़िरन, सैर-सपाटे वास्ते आए हां"

"भई ओ तां ठीक है घुम्मन आया हो, कोई ख़बर नहीं, कोई फ़ोन नहीं, सीधा आ गया बगैर बताये।"

"मैं सोचया चाचा जी कोल ही तां जा रहे हां, सीधा चले जाने हां ।"

चाचा ने बल्ली की तरफ़ इशारा करके पूछा, "ऐ कौन है तेरे नाल।"

"जी मेरा दोस्त बल्ली, बचपन दा यार है, इसदे पिता जी बौत वडडी फैक्टरी दे मालिक हैगे ने।"

मीता इतना मायूस और लज्जित महसूस कर रहा था कि उसका गला सूख गया, चेहरा लाल हो गया और आवाज़ रुंधने लगी।

चाचा जी फिर से बोले, "अच्छा दस्सो कित्थे ठहरोगे, वापिस कब जाओगे बताओ।"

चाचा जी इतने बेग़ैरत निकलेंगे, इतनी बेइज़्ज़ती करेंगे, ऐसी उम्मीद तो मीत सिंह स्वप्न में भी नहीं कर सकता था, और वह भी उसके दोस्त बल्ली के सामने। उसने तो बल्ली के सामने चाचा की तारीफ़ के पुल बांधे थे, यह क्या हो गया? चाचा जी ने तो उसे मुंह दिखाने लायक नहीं छोड़ा। बल्ली ने मीत को कोहनी मारी और धीरे से कहा "बस मीते रहन दे, चल चलते हैं, होटल में ही रहेंगे।"

चाचा जी भी उनकी बात समझ गए थे। दोनों ने चाचा को नमस्ते की और मीत ने कहा, "अच्छा चाचा जी हम अभी तो चलते हैं, फ़िर कभी आपसे मिलने आ जायेंगे" और दोनों अपनी-अपनी अटैचियां उठाकर सीढ़ियां उतर गए।

मीता गुस्से में भुनभुना कर बोला, "साला चाचा तो बड़ा हरामी निकला। दिल्ली में कितनी बार हमारे घर आ चुका है। एक बार तो चाची को लेकर भी आया था। मेरे पिता जी हमेशा इनकी बहुत ख़ातिर करते थे। आज मेरी वजह से तेरी भी बेइज़्जती हुई, बल्ली मुझे माफ़ कर दे यार।"

"यार मैं समझता हूं इसमें तेरा कोई कुसूर नहीं है, तेरा चाचा ही इतना बड़ा कमीना निकला तो तू क्या कर सकता है। चल अच्छा ही हुआ, अब हम आज़ादी से मौज करेंगे।"

अभी वह सीढ़ियां उतर कर विचार विमर्श कर ही रहे थे कि किस होटल में जाएं कि अचानक दो आदमी उनके पीछे से सीढियां उतर कर भागते हुए आए और बोले "साहब आप दोनों को ऊपर बुला रहे हैं ।" उन दोनों के बहुत मना करने पर भी वह नहीं माने और उनकी अटैचियां लेकर उन्हें चाचा जी के पास चलने का आग्रह करने लगे। ख़ैर दोनों मित्र दोबारा चाचा जी के सामने आ खड़े हुए।

वास्तव में जब दोनो मित्र बेइज़्ज़त होकर नीचे उतरने लगे तब चाचा जी ने महसूस किया कि उन्होंने बच्चों के साथ बहुत ज़्यादती कर दी थी। शायद उन्हें यह भी याद आया होगा कि वह मीत के घर पर कई बार आतिथ्य भोग चुके हैं। मन ही मन उन्हें शर्म आई और तुरन्त अपने दो कर्मचारियों को उन्हें वापिस लाने की हिदायत देते हुए कहा, ''वह दोनों लड़के जो अभी-अभी नीचे उतरे है, जैसे भी हो उन्हें तुरन्त ऊपर लाओ। उनका सामान तुम उठा लेना। जाओ जल्दी जाओ।''

अब की बार चाचा जी ज़रा मुलायम होकर बात करने लगे, ''भई अब आ ही गए हो तो तुम्हारा कुछ इन्तज़ाम तो करना ही पड़ेगा न।''

''नहीं चाचा जी हमें कोई प्रॉब्लम नहीं है। हम बड़े आराम से होटल में रह लेंगे। बल्ली भी होटल में ही रहना चाहता है। हमें माफ़ करना जी हम अपना इन्तज़ाम आप कर लेंगे।'' मीत ने कुछ नाराज़गी के स्वर में कहा।

चाचा जी समझ गए कि उन्होंने कुछ ज़्यादा ही बदतमीज़ी कर दी थी। तुरन्त मीत को बॉहों में भर बोले, ''न पुत्तर बुरा न मानना, मैं तो तुझे देख कर बहुत ख़ुश हुआ पर एकदम चिन्ता भी हो गई कि अचानक कैसे आ गया। अब तुम दोनों यार मेरे घर पर ही रहोगे।'' बल्ली को भी गले लगाकर पुचकारा। दोनों दोस्तों ने सोचा कि चलो एक दिन उनके घर ठहरते हैं फ़िर होटल में शिफ़्ट कर लेंगे। चाचा जी ने उनके लिए कॉफ़ी और पेस्ट्री मंगवाई, थोड़ी गपशप की और कहा, ''तुम लोग थोड़ा घूम फिर लो, शाम को साढ़े 5 बजे तक आ जाना, 6 बजे हम घर चलेंगे।'' और उनका सामान अन्दर रखवा दिया।

दोनों दोस्त आसपास के बाज़ार, मॉल इत्यादि में गए, कुछ होटलों में जाकर कमरे देखे, टैरिफ़ मालूम किया, और यह भी निश्चित कर लिया कि किस होटल में वह एक दिन बाद शिफ़्ट करेंगे। दिन भर घूम कर शाम को साढ़े 5 बजे से पहले ही वह चाचा के दफ्तर जा पहुंचे तो चाचा जी को उनका ही इन्तज़ार करता पाया। उनका केबिन आलीशान था, उनकी कुर्सी के पीछे दीवार पर भगवान की तस्वीरें फूल मालाओं सहित सुसज्जित थीं।

चाचा जी ने इतमीनान से निर्देश देना शुरू किया, ''देखो पुत्तर जी हमारे घर में बहुत नियम से काम होता है। शराब, सिगरेट, पान तम्बाकू की बिल्कुल इजाज़त नहीं है। हम बहुत ही सात्विक, नियमित और संस्कारी जीवन जीते हैं। थाइलैंड की जीवन शैली का हमारे जीवन पर कोई प्रभाव नहीं है। सुबह आठ बजे तैयार होकर ब्रेकफ़ास्ट के लिए टेबल पर आ जाना। नौ बजे हमारे साथ ही चल पड़ना, ठीक है न?''

कुछ रुककर बोले ''और सुनो, रात को आठ बजे तक सब घर में आ जाते हैं,

इसके बाद घर की एन्ट्री बन्द। नौ बजे डिनर लग जायेगा, डिनर करो और अपने कमरे में जाकर सो जाओ। हमारे घर में बैंकॉक की नाइट लाइफ़ का ज़िक्र करना भी गुनाह है। समझ गए न, कोई शोर-शराबा, उल्टी-सीधी बातें नहीं होनी चाहिए।''

दोनों चुपचाप चाचा जी की बात सुनते रहे और ठीक है जी, हां जी- हां जी कहकर सिर हिलाकर सहमति देते रहे। दोनों को ऐसा लग रहा था कि मानो वह छंटे हुए बदमाश हों और उन्हें गुड कन्डक्ट की शपथ दिलाई जा रही हो। सोचने लगे कि यह घर ले जा रहा है या कैदख़ाने। ख़ैर 6 बजते ही चाचा ने अपनी मर्सिडीज़ गाड़ी में दोनों का सामान रखवाया और उन्हें अपने साथ बिठाकर घर ले गए। एक कमरा उनको दिया जिसमें एक डबल बैड था, बाथरुम संलग्न था। कमरे का दरवाज़ा बन्द करते हुए हिदायत दी ''पूरे नौ बजे खाना खाने बाहर आ जाना।''

दोस्तों ने आपस में बात की, ''मीते बड़ा ख़ड़ूस निकला तेरा चाचा, यह तो हमें गुलाम बना के रख रहा है। तू तो कह रहा था वह खूब दारू पीता है।''

''हां यार हमारे घर तो खूब पीता है मेरे पिता जी के साथ। मेरे सामने बड़ा साधू संत बन रहा है। आज मुझे पता चला एक नम्बर का नाटक बाज़ है साला।''

अगले दिन दोनों सुबह आठ बजे ब्रेकफ़ास्ट टेबल पर आ बैठे। चाचा जी, उनका छोटा भाई जसवंत और दोनों मित्रों ने साथ-साथ नाश्ता किया। साढ़े आठ बजे चाचा ने शोर मचा दिया, ''चलो चलो ओए जल्दी नाश्ता ख़त्म करो ऑफिस के लिए निकलना है। छोटा भाई कुलवंत भी उनके व्यापार में भगीदार था और दोनों का परिवार इकट्ठा एक बड़े से फ़्लैट में रहता था। घर परिवार में चाचा का सिक्का चलता था, सारा नियंत्रण उसी के हाथ में था।

ऑफ़िस पहुंचकर चाचा जी ने कहा, ''तुम्हें जहाँ भी घूमने, शॉपिंग करने जाना है जाओ, लेकिन शाम 6 बजे तक वापिस आ जाना।''

तभी जसवंत ने पूछा, ''ओए तुम्हें यहां के रास्ते, शॉपिंग मॉल, बाज़ार आदि जगहों के बारे में कुछ पता है कि नहीं।''

''नहीं हमें तो कुछ ख़ास पता नहीं है आप ही बता दो।''

जसवंत तो मौके की तलाश में था ही, एकदम बोला, ''भापा जी इन बेचारों को तो यहां के बारे में कुछ भी नहीं पता, क्यों न आज मैं इनको थोड़ा घुमा फ़िरा दूं।''

''तेरे को क्या करना है, होशियार सयाने हैं दोनों, अपने आप मालूम कर लेंगे, तू चिन्ता न कर।''

''नहीं भापा जी यह बच्चे हैं, आपके भतीजे है। हमारा भी फ़र्ज बनता है इनकी

कुछ मदद करें, अपने ही बच्चे हैं, बस जी अब आप न रोको मुझे।" जिस तरह ज़ोर देते हुए जसवंत ने आग्रह किया चाचा जी समझ गए कि वह निवेदन नहीं, अपना फ़ैसला सुना रहा था।

मरे मन से चाचा ने कहा, "चल ठीक है, थोड़ा बोता घुमा फिरा दे, लेकिन ज़्यादा देर न लगाईं।"

जसवंत-जस्सी - ने एकदम बाहर की ओर कदम बढ़ाया और दोनों को पीछे आने का इशारा किया। सड़क पर आते ही जस्सी बोला, "बड़े दिनों बाद आज मौका मिला है मुझे। भापा जी तो बेकार हो चुके हैं, न आप कुछ ऐश करते हैं न हमें करने देते हैं। चलो मेरे साथ, आज मैं तुम्हें थाईलैंड की नाईट लाइफ़ की रंगीनियां दिखाता हूं, पूरी अय्याशी कराता हूं। लेकिन मेरी एक शर्त है कि इस बारे में भापा जी को कुछ भी मत बताना। जो हम करेंगे केवल हम को ही पता होना चाहिए, वादा करते हो न?"

दोनों मित्र हैरान, यह क्या हो गया, सारा नक्शा ही बदल गया। जस्सी तो अपनी ही बिरादरी का निकला।

"भाई साहब आप निश्चिंत हो जाइए, ऐसी बातें किसी को बताने की थोड़ी होती हैं, इतना तो हम समझते हैं।"

तीनों शौकीन मिजाज़ चल दिए मौज करने और बड़े उत्साह से रेड लाइट एरिया में पहुंच गए। मस्ती करते-करते कब रात के आठ बज गए पता भी न चला। दोनों मित्रों की खुशी का ठिकाना नहीं था, जोश में कह रहे थे, "यार ऐसा लगता है जैसे हम स्वर्ग में पहुंच गए हों।" जस्सी की तो पूछो ही मत, पूरा बेसुध हो गया था। मीते ने जस्सी को झकझोरा, "जस्सी पाह जी नौ बज गए, घर चलना है। भापा जी को क्या जवाब देंगे।"

"ओए भापा जी की ऐसी तैसी। भापा जी गए तेल लेने, चिन्ता न करो, मैं हूं न जवाब देने के लिए।" जस्सी ने बड़े आत्म विश्वास से कहा ।

"लेकिन पाह जी उनको दारू की बदबू आ गई तो क्या होगा?"

"कुछ नहीं होगा, वह भी तो जमकर दारु पीते हैं"

"क्या भापा जी दारु पीते हैं, हम तो समझते थे कि वह बहुत सूफ़ी और धर्मात्मा हैं, बात-बात में भगवान का नाम लेते हैं"

"नहीं ओए नहीं भापा जी बड़े हरामी हैं। दारु तो पीते ही हैं, छुप-छुप के अय्याशी भी खूब करते हैं। बड़े सयाने बनते हैं, समझते हैं कि मुझे पता नहीं चलता, मेरे से कुछ छिपा नहीं है।" जस्सी ने भापा जी की पोल खोल दी।

"लेकिन भापा जी ने बहुत कड़ी मेहनत करके बिजनेस तो इतना बड़ा कर लिया

है।" बल्ली ने जस्सी का मुंह और खुलवाना चाहा।

जस्सी पूरी तरह टुन्न था, गुस्से से फुंकारते हुए बोला " सारी मेहनत मैं करता हूं, मलाई वह खाते हैं। भापा जी ने तो मुझे अपने बाप का नौकर समझ रखा है। मैं तो बहुत जल्दी अपना धंधा अलग सैट करने वाला हूं। बस मौके का इन्तज़ार हैं। मौका मिलते ही मेरी जूती और भापा जी का पिछौड़ा। एक ही झटके में सारा हिसाब बराबर कर दूंगा।" बड़े भाई के प्रति मन में इतना द्वेष देखकर उन्हें कोई अचम्भा नहीं हुआ क्योंकि हर व्यापारिक परिवार की लगभग यही कहानी होती है।

गिरते पड़ते तीनों एक रेस्त्रां पहुंचे और डिनर करके ग्यारह बजे के बाद घर पहुंचे। जस्सी आगे-आगे और दोनों दोस्त दुबक कर पीछे-पीछे। दरवाज़े की घंटी बजाई, तो भापा जी ने दरवाज़ा खोला। जस्सी भापा जी को नज़रअंदाज़ करते हुए बेधड़क अन्दर घुस गया और उसके पीछे-पीछे मीता और बल्ली भीगी बिल्ली की तरह अन्दर आ गए।

"ओए इतनी देर कित्थे हो गई, कित्थे गए सी।" भापा जी कुछ गुस्से में बोले। चौड़े हो के जस्सी ने अक्खड़ स्वर में कहा, "भापा जी अंग्रेज़ी पिक्चर देखन गए सी, कोई डाका पान नहीं गए सी। डिनर करदे-करदे देरी हो गई। मैं तां चलयॉ सौन वास्ते, भापा जी तुस्सी वी जा के सौं जाओ। कल सवेरे गल-बात करांगे।"

पीछे देखे बगैर जस्सी अपने कमरे की ओर बढ़ते हुए ज़ोर से बोला, "जाओ ओए तुम दोनों भी अपने कमरे में जाकर सो जाओ सवेरे ऑफ़िस भी तो जाना है।" और अपने कमरे का दरवाज़ा ज़ोर से बन्द कर दिया। दोनों दोस्त भी लपक कर अपने कमरे में चले गए। भापा जी ने अपनी इज़्ज़त बचाते हुए चुप रहना ही उचित समझा, चूं तक नहीं की।

सुबह तैयार होकर दोनों दोस्त डरते-डरते ब्रेकफ़ास्ट के लिए डाइनिंग टेबल पर पहुंचे तो माहौल बिल्कुल सामान्य था। बीती रात के बारे में किसी ने भी कुछ बात नहीं की। भापा जी भी चुपचाप खा पी रहे थे। नाश्ता समाप्त करके चारों ऑफ़िस के लिए चल दिये।

ऑफ़िस पहुंचकर जस्सी ने हाथ जोड़ कर भापा जी से कहा, "आज तो मैं इनको पहले यहां का मशहूर डॉल्फ़िन शो, फिर म्यूज़ियम ले जाउंगा और उसके बाद थाई डिनर। भापा जी रोकना-टोकना मत, बस आज का दिन और, कल से फिर आपकी सेवा में हाज़िर।" भापा जी की इजाज़त का इन्तज़ार किए बिना ही उठकर बाहर चल पड़ा। " ओए मुंडयों उठो, चलो दोनों मेरे नाल वरना देर हो जायेगी।"

जस्सी के लहज़े में आदेश था, हाथ जोड़ना तो केवल आदर करने का नाटक मात्र

था। भापा जी असहाय से तीनों को बाहर जाते हुए देखते रहे, जस्सी ने उन्हें कुछ बोलने लायक छोड़ा ही नहीं था।

आज तीनों सीधे एक नये अड्डे पर गए। रात तक अय्याशी में डूबे रहे और आज तो रात ग्यारह बजे के बाद ही घर में घुसे। दोनों हैरान थे, भापा जी आज भी कुछ नहीं बोले।

## 3

रात को दोनों मित्र बातचीत कर रहे थे। ''मीते यार तू तो कह रहा था कि चाचा की दो-दो जवान लड़कियां हैं, कभी दिखी नहीं।''

''मैंने भी बहुत कोशिश की है उनको देखने की, बस एक बार थोड़ी सी झलक ही देख पाया, चेहरा पूरी तरह देख नहीं सका''

''कैसी हैं देखने में?'' बल्ली ने उत्सुकता से पूछा

''ओए दोनों टॉपो-टॉप हैं। लेकिन छोटी वाली तो पटाका है पटाका।''

''वाह बेटा, देखी है नहीं, टॉपो टॉप कैसे हो गईं?''

''एक बार चाचा जी ने फ़ोटो दिख़ाई थी। और ड्राईंग रुम में भी तो दोनों की फ़ोटो लगी है न, हमें तो फ़ोटो से ही सब कुछ पता चल जाता है।''

''साला अपनी कुड़ियों को हमसे ऐसे छुपा कर रखता है जैसे हम उन्हें खा ही जाएंगे। ''

''एक नम्बर का शक्की है, रात को हमें कमरे में भेजने के बाद ही उन्हें खाना खिलाता है। लगता है जब तक हम डायनिंग टेबल पर होते हैं उन्हें बाहर आने की इजाज़त नहीं है। चल यार हमें क्या करना, अब सो जा कल फिर जल्दी उठना है।''

तीसरे दिन सुबह भापा जी ने अपनी पत्नी के सामने ही जस्सी से पूछा

''ओए जस्सी तूने इनको शिप का क्रूस करवाया कि नहीं।''

'' नहीं जी वो तो नहीं कर सके। टाइम ही नहीं मिला।''

''क्रूस नहीं किया तो क्या किया थाईलैंड़ में ?'' भापा जी ने कमेंट किया।

''कोई बात नहीं, आज क्रूस पर ले जाता हूं'' जस्सी खुशी से बोला।

''तू रहने दे, बहुत हो गया।'' भापा जी रौब से बोले, ''आज तू अपने एजेन्ट से पेमेन्ट लेने जा, उसके पास हमारा बहुत पैसा फंसा हुआ है। साढ़े बारह बजे की ट्रेन पकड़ ले, वापसी के लिए कल सुबह की ट्रेन ले लेना। इनको क्रूस पर मैं लेकर जाऊंगा'' भापा जी ने एकदम जस्सी की बात काट दी, ''चलो पुत्तर आज तुम मेरे साथ चलो, मैं तुम्हें क्रूस की सैर करवाता हूं।''

दोनों हैरान, यह भापा जी को क्या हो गया। अतिथियों पर इतने मेहरबान कैसे हो गए? दोनों अचम्भे में थे। ऑफ़िस पहुंचकर भापा जी ने जस्सी के लिए ट्रेन का टिकेट बुक करवाकर उसे रवाना कर दिया। फिर ड्राइवर को बुलाकर कहा, "आज गाड़ी मैं चलाऊंगा, तू आफ़िस में ठहर।"

बल्ली को अपने साथ आगे की सीट पर बैठाकर पूछा, "तुमने सिर्फ़ दारू पी या कुछ और भी किया?"

"जी बस दारु पी और डॉस देखा बस।"

"ओए तू मुझे बेवकूफ़ समझता है, कहां-कहां गए, क्या-क्या किया, मैं सूंघ के बता सकता हूं। जस्सी के सारे अड्डों की भी ख़बर रखता हूं। चलो अब खुल के बात करते हैं। आज मैं तुम्हें असली जगह लेकर चलता हूं। ठीक है?"

"लेकिन एक बात का ख़्याल रहे, कभी किसी को बताना मत कि हम कहां गए थे। जस्सी से तो ज़िकर भी न करना, बड़ा हरामी है वो। यह सब मैं सिर्फ तुम्हारी ख़ुशी के लिए ही कर रहा हूं, मुझे कोई शौक नहीं है। सब जानते हैं कि मैं तो सूफ़ी सन्त विचार का इन्सान हूं।"

दोस्तों के दोनों हाथों में लड्डू थे। आज तीसरे दिन फिर ऐश, बैक टू बैक, वह भी काएदेआज़म भापा जी के सिर पर। वह तो ख़ुशी से निहाल हो गए। भापाजी उनको एक दूसरे ही रैड लाइट एरिया में ले गए। जमकर मस्ती करी गई परन्तु अपने उसूल का पालन करते हुए घर पर साढ़े आठ बजे तक वापिस ले आए।

घर वापिस आते हुए भापा जी ने दोनों को समझाया, "देखो पुत्तर जी, यह सब मैंने तुम दोनों की ख़ातिर करने के लिए ही किया है। भतीजा और चाचा तो दोस्त होते हैं। तुम दोनों ठहरे गबरु जवान, तुम्हारी ख़ातिर करने का इससे वधिया तरीका हो ही नहीं सकता। याद रहे कि इस बात का ज़िकर न तो जस्सी से करना और न ही दिल्ली जाकर भाई साहब से। बल्लू तू भी समझ ले, मुंह बन्द रखीं, सबदी इज्ज़त सलामत रहनी चाहीदी।"

दोनों ने ज़ोर-ज़ोर से सिर हिला कर कहा, "हॉ जी भापा जी अस्सी तां दिल्ली जाकर किसी नू वी कुछ नहीं दसांगे, पक्का वादा जी।"

"वैरी गुड जी, याद रखियो, भुल न जाना।"

फिर कुछ सोचकर बोले, "पुत्तर जी मैंने तो अपना फ़र्ज़ पूरा कर दिया। अब आगे तुम्हारा क्या प्रोग्राम है। तुम्हारी दिल्ली की फ़लाइट कब है।"

वह भापाजी के कहने का मतलब अच्छी तरह समझ गए थे, बल्ली तुरन्त बोल उठा

"अभी तो तीन दिन और हैं, मीते क्यों न हम कुछ दिन यहां के होटल में रह कर भी देख लेते हैं।"

मीत के जवाब का इन्तज़ार किए बिना ही भापा जी तत्परता से बोले, "ऐ गल वी ठीक है, कुछ दिन होटल की मौज भी ले लो।" मीत ने भी तुरन्त सहमति दे दी।

"कल सुबह तुम जस्सी के वापिस आने से पहले ही निकल लो। तीन दिन होटल में रह कर फ़िर सीधे दिल्ली निकल जाना। कल ब्रेकफ़ास्ट के बाद मैं तुम्हें अलविदा कर दूंगा। एक बात और सुनो, आज रात को चाची के सामने मैं तुम्हें झूठमूठ डांटूगा, चुपचाप सुन लेना जवाब न देना, कुछ गालियां भी दूंगा हज़म कर लेना, ठीक है न?"

"हां जी, ठीक है, आप जितना मरज़ी डांट लेना जी, हम चुपचाप सुन लेंगे।" भापा जी को भरोसा दिला दिया।

वास्तव में भापा जी को डर था कि कहीं वह जस्सी को कुछ बता न दें, इसलिए वह चाहते ही नहीं थे कि जस्सी उनसे मिल पाए। सो जस्सी को शहर से बाहर भेज दिया।

भापा जी ने घर आते ही अपनी पत्नी के सामने दोनों को डांटा। "पहले यह बताओ कि पिछली दो रातों को तुम इतनी देर से क्यों आए, मैंने तो पहले ही तुम्हें इस घर के कायदे समझा दिए थे? मुझे पता है कि इसमें तुम्हारा कोई कसूर नहीं है। इस जस्सी कंजर ने तो घर का सारा डिसिप्लिन ख़राब कर के रख दिया है। देखो पुत्तर जी, तुस्सी साडे मेहमान हो, मैं तो बस तुम्हारी ख़तिर ही चुप कर गया, लेकिन अपने उसूलों के साथ समझौता करना मुझे बिल्कुल मंज़ूर नहीं है।"

फिर अपनी पत्नी की ओर रुख करके बोले "सुन ले सतवंत कौरे, अपने देवर को समझा दे, इस घर में रहना है तो डिसिप्लिन में ही रहना होगा।"

सुबह ब्रेकफ़ास्ट के बाद तुरन्त टैक्सी मंगाई और भापाजी ने दोनों को गले लगा कर विदा किया।

चार दिन बीत चुके थे, दोनों दोस्तों की भडांस भी शान्त हो चुकी थी, वह भी बग़ैर कुछ ख़र्च किए। उनकी किस्मत ने भी क्या पल्टी खाई। पहले देखा भापा जी का वह सूखा और ख़ड़ूस रूप, फिर सामने आया उनका रंग-रंगीला स्वरूप। क्या सोचा था और क्या निकले भापा जी?

अब केवल दो दिन ही बचे थे और जेब में पैसे भी काफ़ी बचे हुए थे। सो जमकर शॉपिंग करी गई, नाइट लाइफ़ देखी और ग्रेजुएशन की डिग्री लेकर दिल्ली वापिस पहुंच गए ।

"यार तेरा चाचा तो एक नम्बर का नाटकबाज़ निकला, लेकिन हमको तो पूरी मौज

करा ही गया।"

"हरामीपन्ती में दोनों भाई एक से बढ़ कर एक हैं। लेकिन उनके बाप तो निकले हम, उन्हें तो मजबूरी में ही हमें अपना राज़दार बनाना पड़ा। दोनों ने अपनी इज्ज़त बचाने के लिए अपनी जेबें हमारे लिए खोल दीं। मान गया न बल्ली यार, चाचा हो तो ऐसा।"

"हां मीते तेरा चाचा बल्ले बल्ले।" दोनों दोस्तों ने जी खोल कर ठहाके लगाए।

............समाप्त..............

# संडास की सैर

भारतीय सरकार के ख़ज़ाने में टैक्स के पैसे जमा करवाने में बहुत कठिनाइयों का सामना करना पड़ता था। कुछ क्षेत्रों में तो व्यापारियों को कर जमा करवाने के लिए अपने कर्मचारी को सुबह चार-पाँच बजे से ही बैंकों के बाहर पंक्तियों में लगाना पड़ता था। लम्बी-लम्बी लाइनें होने के बावजूद बैंक केवल एक ही काउन्टर खोलता था। मैनेजर से शिकायत करने पर रटा रटाया जवाब दिया जाता था "यह फ़ालतू का काम सरकार ने बैंकों के उपर डाल रखा है। हमें मिलता ही क्या है टैक्स कलैक्शन से।"

सेवा-कर हो, बिक्री कर, आयकर या कोई अन्य कर, जब भी जमा कराने जाएंगे तो काउन्टर के बाबू का पहला सवाल, "क्या आपका खाता हमारे बैंक में है?" यदि आपका जवाब 'नहीं' होगा तो वह कहेगा, "जिस बैंक में आपका खाता है वहीं जाइए।" आपत्ति करने पर वह तुरन्त अपना हाथ झाड़ लेगा, "मैं नहीं करूंगा, आप तो मैनेजर साहब से कहिए, शायद वह जमा करवा दें।" यदि आप मैनेजर से जाकर भिड़ जाएं तो काम हो जाएगा। इस स्थिति में करदाता क्या करे, अपना काम धन्धा संभाले या इन कामटरकाउ कर्मचारियों से झगड़े। यहीं करदाता हार जाता है और दुष्ट कामचोर जीत जाता है। प्रतिदिन इस प्रकार के बीसियों किस्से प्रत्येक शाखा में होते रहते हैं परन्तु कहीं भी इसका रिकॉर्ड नहीं होता। यदि किसी मैनेजर से पूछा जाए तो डींगे मारने में उनका जवाब नहीं होता, "हमारे सारे ग्राहक हमारी सेवाओं से बहुत ख़ुश हैं। तीन साल से मैं इस शाखा का मैनेजर हूं, आज तक एक भी कमप्लेन्ट मेरे पास नहीं आई।"

टैक्स जमा करवाने की खिड़की भी चुनकर किसी गंदे कोने में रखी जाती है जहां एक पंखा तक न लगा हो। यानि कि कर जमाकर्ताओं को ऐसे स्थान पर खड़ा किया जाता है जहां उन्हें अधिक से अधिक परेशानी हो। सच जानो तो करदाताओं को बैंक द्वारा अपमानित ही होना पड़ता था। हाँ, जब से अन्य विकल्प जैसे कि, इन्टरनैट बैंकिंग, ऑनलाइन काम होना आरम्भ हुआ है, कर जमा करवाना बहुत हद तक आसान हो गया है। सरकारें तो चलती ही हैं करदाताओं द्वारा दिए गए पैसों से, लेकिन उनसे ही दुर्व्यवहार किया जाता है। अब भी हालात में कुछ ख़ास परिवर्तन नहीं हुआ है, जनता के पैसों से

शाखाओं को सुन्दर रूप दे दिया गया है, कर्मचारियों की सुविधाएं बढ़ा दी गई हैं, बस।

यह पुर्णतयाः सत्य है कि भारत की आज़ादी के 74 वर्ष बाद भी सरकारी बैंकों की व्यवस्था बहुत निम्न स्तर की, अकुशल और भ्रष्ट है और कर्मचारी एक नम्बर के आलसी, कामचोर व बद्-दिमाख़ हैं। प्रत्यक्ष य अप्रत्यक्ष रूप से रिश्वतख़ोरी तो बैकिंग की आधारशिला ही बन चुके थे। उस समय में इस प्रकार के किस्से प्रत्येक बैंक में आए दिन होते थे। प्रस्तुत वाक़्या भी उन अनेकानेक किस्सों में से एक है।

आयकर जमा करवाने के लिए एक सरकारी बैंक की शाखा में बहुत भीड़ थी। लाइन लम्बी होते-होते सड़क तक जा पहुंची थी। हैरान परेशान लोग आपस में बातचीत करते हुए सरकार को व बैंक की व्यवस्था को कोस रहे थे।

एक करदाता ने कहा, "जो सरकार जनता से टैक्स एकत्र करने की प्रक्रिया को करदाताओं के लिए सुगम नहीं कर सकती, उनको सुविधा नहीं दे सकती वह सरकार भला देश क्या ढंग से चलाएगी।"

किसी ने कहा, "सभ्य देशों की सरकारें करदाताओं को प्रतिष्ठित नागरिक मानती हैं। यहां तो हमें भिखारियों की तरह घंटों लाइन में लगना पड़ता है। यहां के हालात फ़ाइनेन्स मिनिस्ट्री और नौकरशाह नहीं जानते क्या?"

"भली-भंति जानते हैं, यह हालात तो सर्वविदित हैं। परन्तु उन्हें क्यों करदाता की चिन्ता होने लगी? क्या नेता क्या नौकरशाह, वह तो केवल अपनी सुविधाओं और ऐशो आराम का प्रबन्धन ही कुशलता से करना जानते हैं।"

भीषण गर्मी, पंखे तक का इन्तज़ाम नहीं, असह्य वातावरण लोगों की बर्दाश्त के बाहर था। करीब 8-10 लोगों ने आपस में सलाह करके निर्णय लिया कि मैनेजर साहब से करदाताओं के लिए एक और काउन्टर खोलने की प्रार्थना की जाए। सबने इक्ट्ठा होकर मैनेजर साहब के केबिन पहुंचकर समस्या बताई और नम्रता से निवेदन किया कि इतनी लम्बी कतार देखते हुए एक और काउन्टर खोल दिया जाए।

सुझाव सुनते ही मैनेजर साहब डपटने के अंदाज़ में बोले, "पहली बात तो यह कि आपको हम अपना ग्राहक ही नहीं मानते। हम तो आपको मना भी कर सकते हैं, लेकिन चलो जनता के लिए एक काउन्टर खोल देते हैं। अगर कोई शिकायत है तो जाओ फ़ाइनेन्स मिनिस्ट्री।"

बहस शुरू हो गई, दोनों तरफ़ से तर्क-वितर्क दिये जाने लगे। बैंक के अन्य कर्मचारी भी अपना काम छोड़, करदाताओं से उल्टे-सीधे तर्क देकर उन्हें हड़काने लगे। बहस खूब गरमा गई और करदाताओं ने बैंकों की कार्यशैली व उनके व्यवहार पर खूब खरी

खोटी सुनाई।

एक करदाता ने आगे बढ़कर कहा, "मेरा खाता आपकी शाखा में तब से हैं जब यह शाख खुली थी, 18 वर्ष पहले। यहां तो हमेशा काम की टाला-मटोली ही की जाती है, छोटे-छोटे काम के लिए घंटों इन्तज़ार करना पड़ता है।"

मैनेजर साहब ने तर्क दिया, "दूसरे बैंक भी तो हैं, वहां जा कर जमा करवा लो, हमने रोका नहीं है आपको।"

एक अन्य ग्राहक ने जवाब दिया, "सारे सरकारी बैंक एक जैसे होते हैं, बस 19-20 का ही फ़रक होता है। किसी अन्य बैंक में जाएं तो वहां भी ऐसा ही हाल है।"

आप लोगों को सरकारी बैंक इतने ख़राब लगते हैं तो बैंक में आते ही क्यों हो, मत आया करो हमारे बैंक में। हम तो आपको कभी बुलाने नहीं जाते।"

शिकायत करने वालों में एक वकील साहब भी थे, जो चुपचाप खड़े सब कुछ सुन और देख रहे थे। जोशीले जवान वकील थे और सत्य के लिए लड़ने का मादा भी रखते थे। जब उन्होंने देखा कि मैनेजर साहब कुतर्क देकर सब पर हावी होने लगे, तो उनसे सहन न हो सका। उन्होंने आगे बढ़कर कमान संभाल ली और शिकायत कर्ताओं को लीड करने लगे।

"मैनेजर साहब पहले तो यह बताइए कि आपने यह कैसे कहा कि हम दूसरे बैंक में जाएं? यह हमारी मर्ज़ी है, जहां चाहेंगे उसी बैंक में कर जमा करवाएंगे। आप होते कौन हैं हमें किसी और बैंक में भेजने वाले? "

"आप इस ब्रांच के मैनेजर हैं न, आपने भारतीय रिज़र्व बैंक के निर्दोष पढ़े हैं कि नहीं? आप मना नहीं कर सकते, अपने घर का कानून बना कर बैठे हैं क्या?" वकील साहब बैंकिग नियम और करदाताओं के अधिकारों का पूरा ज्ञान रखते थे इसलिए वह बहुत आत्मविश्वास से बात कर रहे थे। उनकी बातें तर्कसंगत होने से सब बहुत प्रभावित होकर उनका समर्थन करने लगे।

"और भाइयों ज़रा इनकी भभकी तो सुनो, कहते हैं - सरकारी बैंक इतने ख़राब लगते है तो बैंक में आते ही क्यों हो, मत आया करो हमारे बैंक में। हम तो आपको कभी बुलाने नहीं जाते।"

"सरकारी बैंक किसी के बाप के नहीं हैं? बताऊं कि हम बैंकों में आते क्यों हैं। सुनने की हिम्मत है तो सुनो?"

सब करदाता, मैनेजर साहब और बैंक का स्टाफ़ बहुत कौतूहल से ध्यानपूर्वक सुनने लगे।

“भाइयों आप सब भारतीय रेलों में सफ़र तो करते ही होंगे, और आप यह भी बख़ूबी जानते ही होंगे कि वहां के संडास बेहद गंदे, बदबूदार होते हैं, उनमें जाना नर्क में जाने समान होता है, बताइये क्या मैं ठीक कह रहा हूं?”

सबने सिर हिला कर सहमति जताइ, कुछ ने कहा, “बिल्कुल ठीक कह रहे हैं जी, रेल के टॉयलेट्स तो बहुत ही गंदे होते हैं, सांस रोककर जाना पड़ता है, घोर नर्क होता है जी।”

“लेकिन हम फिर भी जाते हैं, हमें जाना ही पड़ता है क्योंकि हमारे पास कोई और विकल्प होता ही नहीं। मजबूरी में ही तो जाते हैं। ठीक है न?”

एक स्वर में सबने उत्तर दिया, “ बिल्कुल ठीक है, जाने लायक तो होते ही नहीं, लेकिन घोर मजबूरी में जाना ही पड़ता है।”

“बस यही हाल हमारे सरकारी बैंकों का भी है, हम मजबूरी में ही जाते हैं, रेल का गंदा संडास समझ कर ही हम सरकारी बैंकों में आते हैं। कौन आना चाहता है बैंक कर्मचारियों की बदसलूकी झेलने। कोई अन्य विकल्प हो तो कोई सरकारी बैंकों में थूकने भी न आए, जनता को इस हद तक परेशान कर रखा है आप लोगों ने।” वकील साहब की दलील इतनी अचूक और उदाहरण इतना सटीक था कि स्वतः ही ज़ोरदार तालियां बज उठीं।

“समझ गए न मैनेजर साहब जनता क्यों आती है आपके बैंक में? अब कभी यह सवाल मत पूछना।” वकील साहब फिर दहाड़े। मैनेजर साहब अपने को लाजवाब पाकर तुरन्त अपने केबिन में घुस गए।

लोगों ने नवयुवक वकील साहब की ख़ूब तारीफ़ की, अपने-अपने तरीके से सबने टिप्पणियां कीं।

किसी ने कहा, “आपने बिल्कुल ठीक कहा”

किसी ने, “वाह क्या उदाहरण दिया है।”

कोई बोला, “भई वाह! क्या माकूल जवाब दिया है।”

और कोई, “भई साहब आपने तो मैनेजर का मुक्कू ठप्प कर दिया, वाह भई मज़ा आ गया।”

“भाई साहब, आपके जवाब से तो तबियत खुश हो गई।” आदि टिप्पणियों से उनका स्वागत किया गया।

कुछ पके हुए बैंक कर्मचारी भुनभुनाते हुए बोल उठे, “वाह जी वाह! सरकारी बैंकों को संडास कह रहे हैं। हम इतने खराब हैं क्या?”

एक और ने कहा, ''ओए बोलने दे इनको, सुनता कौन है इनकी, हमें तो अपने तरीके से ही काम करना है, भाड़ में जाएं करदाता।''

अन्य कर्मचारी भी अपनी-अपनी जगह जा बैठे और कछुआ चाल से काम आरम्भ हो गया। निराश-हताश बेचारे करदाता फिर वहीं के वहीं, वापिस लाइन में जा लगे, मन की धारणा और भी पक्की हो गई कि - इस देश में कुछ नहीं हो सकता।

अचानक बैंक गार्ड ने बाहर आकर घोषणा करी, '' टैक्स के लिए एक और काउन्टर खोल दिया है, लग जाइए इस लाइन में भी।'' दूसरा काउन्टर भी खोल दिया गया था, ग़नीमत समझो कि इतना संघर्ष करने से कुछ राहत तो मिली।

बैंक पर तो भरोसा नहीं किया जा सकता, हां इतना यकीन तो हो गया कि यदि पढ़ा-लिखा नौजवान तबका - जैसे कि यह नवयुवक वकील साहब - आगे आकर न्याय के लिए आवाज़ उठाएं तो हालात सुधर सकते हैं, बशर्ते कि जनता उनको पूरा समर्थन दे।

.....समाप्त....

# मुफ़्त की चुस्की

स्कूल में विद्यार्थियों को पूरी छुटटी की घंटी इतनी मधुर लगती है मानो कानों में रस घोलती हो। परन्तु बाहर निकलते ही जब दिल्ली की भयंकर गर्मी और चिलचिलाती धूप का सामना करना पड़ता है तो कुछ ठण्डा खाने पीने को जी मचलता है।

हमारे स्कूल के बहुत से विद्यार्थी वातानुकूलित कारों से आते-जाते थे, कुछ एक को तो भारतीय सरकार की गाड़ियां रोज़ छोड़ने और लेने आती थीं। उस समय मैं समझता था कि शायद सरकारी गाड़ी इस्तेमाल करने का हक सरकारी अफ़सरों के बच्चों को भी होता होगा। ऐसे बच्चे कोल्ड ड्रिन्क या आइसक्रीम मुंह में लगाए हुए ही घर पहुंचते थे। वास्तव में इस प्रकार के विद्यार्थियों के माता-पिता अपनी रईसी की नुमाइश करते दिखते थे। हालांकि उस समय मैं आठवीं कक्षा में था, परन्तु लोगों के हाव-भाव, लोक आचरण, लोक व्यवहार आदि भली-भांति समझता था।

कुछ अत्याधुनिक माताओं को अपने बच्चों से अंग्रेज़ी में लाड़- लड़ाते देख मुझे हंसी आती थी, जैसे कि "ओह माई बेबी, डोन्ट स्टे आउट, कम इनसाइड द कार, इन्डिया इज़ टू हॉट" कहते हुए उनको कोक य आइसक्रीम पेश करती दिखती थीं।

या फिर "ओह माइ माइ, जस्ट लुक, हिज़ फ़ेस इज़ रैड हॉट।" आदि-आदि।

एक वाक्ये ने मुझे विस्मय में डाल दिया। हुआ यूं कि छुटटी के समय हम चार-पांच बच्चे स्कूल से निकल रहे थे कि तभी एक सरकारी अम्बैसेडर कार, जिस पर बोर्ड लगा था -औन गवर्नमैंन्ट ड्यूटी- स्कूल के गेट पर आकर रुकी। दो फ़ैशनेब्ल महिलाएं उतरीं, बेटे को कार में बिठाने के बाद एक महिला हम को पैदल जाते देख नाटकीय अंदाज़ में बोलीं, "ओह जस्ट लुक ऐट दैम, आइ रिअली पिटी दीज़ पुअर चिल्ड्रन। दे हैव टू वॉक होम इन दिस टैरिब्ल हीट।"

अर्थात "ओह ज़रा इनकी ओर तो देखो, मुझे तो वास्तव में इन ग़रीब बच्चों पर दया आती है। इन्हें इस भयानक गर्मी में पैदल घर जाना पड़ता है।"

उनकी बात से हमें बेइज़्जती महसूस हुई, दुःख भी हुआ। यह केवल उनकी बनावटी व फ़ैशनी हमदर्दी थी जिससे उनके घमंड की बू आ रही थी। यदि हमदर्दी जता रहीं थीं,

तो यह उनकी मूर्खता ही थी। इस घटना को करीब 20 साल बीत चुके हैं, परन्तु जब कभी हम पुराने मित्र मिलते हैं तो उन महिला की रईसी हमदर्दी को याद करके ख़ूब हंसते हैं। वह महिला इस सत्य से पूर्णतयाः अनभिज्ञ थीं कि बच्चों को जितना आनन्द दोस्तों के साथ खेलते-कूदते, बातें करते हुए आता है वह वातानुकूलित कार में आ ही नहीं सकता। दया तो हमें उस फ़ैशनेब्ल महिला की सोच पर आ रही थी।

मुझे तो अपने दोस्तों के साथ पैदल घर जाने में बहुत मज़ा आता था। सच कहा जाए तो केवल इस समय ही बच्चे पूर्णतयः स्वतन्त्र होते हैं। न अध्यापकों का दख़ल और न ही माता-पिता का, स्वयं ही अपनी मर्ज़ी के मालिक। सारे रास्ते अपने मन की करते, पेड़ की टहनियां तोड़कर लन्च बॉक्स पर तबला बजाना, एक दूसरे पर अपनी बोतलों से पानी फेंकना, काग़ज़ के हवाई जहाज़ उड़ाने का आनन्द ही अनूठा होता था। कुछ साथी गेंद ले आते तो सारे रास्ते कैच-कैच खेलते हुए ही घर पहुंच जाते। कभी-कभी तो सब एक-एक पत्थर चुनकर स्कूल से घर तक ठोकर मारते हुए लाने का रिकॉर्ड भी बना डालते थे।

न तो मुझे ऐसे नुमाइशी रईसों से रश्क होता, न ही उनके दिखावटी ठाठ-बाट से मैं किलसता था, बस मेरी तो बहुत छोटी सी ख्वाहिश रहती थी कि स्कूल से निकलते ही मैं बस एक ठंडी आइसक्रीम चूसता हुआ ही घर जाऊं। स्कूल बस का रूट तो बहुत लम्बा था, यदि पैदल ही गलियों में से होकर जाएं तो घर से करीब एक किलामीटर की दूरी पर स्कूल था।

जेबख़र्च के लिए सीमित पैसे ही मिलते थे जो कि आधी छुट्टी में ही समाप्त हो जाते, आइसक्रीम लेने के लिए पैसे बचते ही नहीं थे। मेरी तो केवल यही इच्छा रहती कि बस एक सस्ती आइसक्रीम, जिसको चुस्की कहते थे, और जिसकी कीमत केवल २ रुपए थी, मिल जाए तो घर का सफ़र सुहाना हो जाए। चाहत थी कि घर के सफ़र में नित नयी गन्ध और स्वाद का आनन्द उठाऊं, एक दिन कोकाकोला, दूसरे दिन संतरा, फिर आम, फिर लीची, कोई भी स्वाद नहीं छोड़ूं।

चिन्ता यह थी कि क्या जुगाड़ लगाऊं कि रोज़ एक चुस्की के लायक पैसे जुटा सकूं? मेरा दिल कहता - यह तो तुम्हारी नाकामयाबी है, क्लास में टॉप करते हो, अपने लिए 2 रुपल्ली की चुस्की का बन्दोबस्त भी नहीं कर सकते, तुम बड़े होकर व्यापार कैसे करोगे? भूल जाओ। - मैंने भी ठान ली, जैसे भी हो, इतना इन्तज़ाम तो मैं करके ही रहूंगा।

मैंने योजना बनाई कि पहले तो माता-पिता से इतनी भयंकर गर्मी में पैदल घर आने की तकलीफ़ बयान करूंगा। दूसरे कदम में अनुरोध करूंगा कि रोज़ 2 रुपए चुस्की के

लिए मिल जाएं तो गर्मी से राहत मिल जाएगी। इस उद्देश्य से मैंने जब अपनी तकलीफ़ बयान की तो पापा ने मेरी समस्या का तुरन्त समाधान कर दिया, "बिल्कुल ठीक है, गर्मी तो बहुत है, ऐसा करते हैं तुम्हें स्कूल जाने-आने के लिए एक साइकिल रिक्शा का इन्तज़ाम कर देते हैं।"

मारा गया, अरे यह क्या किया पापा ने, मेरा तो प्लैन ही फ़ेल हो गया। आइसक्रीम के लिए 2 रुपयों की गुज़ारिश करने का मौका ही नहीं मिल पाया।

अपनी गली-मौहल्ले में खोजबीन के बाद एक भरोसेमंद रिक्शा वाले का बन्दोबस्त किया गया। एक बूढ़े काका जिनका नाम रामउदगार था, जो बिहार के मुंगेर से रोज़ी रोटी कमाने दिल्ली आए थे, को बुलाया। पापा ने उनका नाम, पता, गांव का पता, आगा-पीछा सब कुछ पूछ कर तसल्ली करी। रोज़ के 8 रुपए, 4 रुपए घर से ले जाने के और 4 रुपए स्कूल से घर लाने के तय किए गए।

बाद में माता जी ने विरोध करते हुए कहा, "रोज़-रोज़ पैसे देने से तो बेहतर है कि प्रति माह के पैसे निश्चित कर लिए जाएं जो वह प्रतिमाह घर से ले जाए। बच्चे को रोज़ के रोज़ पैसे ले जाने, संभालने में क्यों व्यर्थ में उसका सिरदर्द बढ़ाते हो?"

पापा ठहरे व्यापारी, बोले, "यही समझ तो तुम्हें नहीं है, देखो कभी कभी तो रिक्शा वाला बीमार भी होगा, छुटटी भी करेगा, स्कूल में अचानक छुटटी भी हो जाती है, कभी कोई नेता आदि की मृत्यु से भी छुटटी हो सकती है, और अपना बच्चा भी कभी-कभी छुटटी कर ही लेता है। यदि प्रति माह का हिसाब रखेंगे तो छुटिटयों के पैसे काटना कठिन होगा, इसमे हमारा ही नुक्सान होगा। यदि रोज़ के रोज़ देने का रखेंगे तो छुटटी के दिनों के पैसे मांगने का उसका मुंह ही नहीं पड़ेगा। "

पापा की बात सुनकर उनकी दूरन्देशी का अहसास हुआ, यह बात मुझे तुरन्त ही समझ में आ गई।

मैं तो वहीं का वहीं रह गया, अब मैं रोज़ के 2 रुपए का जुगाड़ कैसे करुं? लेकिन जल्दी ही मुझे एक रास्ता सूझ गया। एक दिन राम उदगार स्कूल पहुंचने में ज़रा सी देरी कर गए तो मैं तुरन्त पैदल ही निकल पड़ा और उल्टा उनसे शिकायत की सो अलग। 4 रुपए बचे, दो दिन की चुस्की का इन्तज़ाम हो गया। बस मुझे संकेत मिल गया था, पर रोज़-रोज़ यह चाल नहीं चल सकता था। बहुत सोच विचार करने के बाद एक दिन मैंने राम उदगार से खुल्लम खुल्ला कह दिया "देखिए काका, एक तरफ़ के पैसे बचाकर मैं दो दिनों तक चुस्की का मज़ा ले सकता हूं। जैसे भी हो, बस मुझे तो रोज़ एक चुस्की खानी ही है, मैं क्या करूं? आप ही बताइए।"

बूढ़े काका क्षणभर गौर से मेरा चेहरा देखकर बोले, ''बबुआ तुम हमसे का चाही, हम का करी तुम ही बताई देओ।''

मैंने हिम्मत बटोर, चेहरा पीछे घुमाकर और साफ़गोई से कह दिया, '' मैं नहीं बस, मुझे तो रोज़ एक चुस्की के लिए 2 रुपए चाहिए। रोज़ के 2 रुपए मैं कहां से लाऊं, बताइए?''

लगा कि बूढ़े काका ने मेरे चेहरे के भाव को पढ़ लिया था, धीमे से मुस्कुरा कर बोले, ''हम जानी तुम का चाही। बबुआ आज से तुम हमें आन-जान खातिर केवल 6 रुपइया देई, 2 रुपइया तुहार चुस्की खातिर तुम्हार हुई, ठीक बा बचुआ।''

कुछ हिचकते हुए मैंने कहा '' लेकिन काका यह मेरे घर में तो न बताओगे ''

''निश्चिन्त रही बबुआ, हम किसी से नाहीं कहेंगें।''

मेरी खुशी का ठिकाना न था, इतनी आसानी से मन की मुराद पूरी हो गई। मैंने हंसकर उनका धन्यवाद किया, पर यह क्या, काका तो मुझसे भी ज़्यादा खुश दिख रहे थे। उस समय मैं केवल १३ वर्ष का था, इन्सानी रिश्तों की कम समझ थी, परन्तु उनकी आँखों मे मैंने वात्सल्य की वह झलक देखी जो कभी-कभी मैं अपने माता-पिता की आँखों में देखता था।

करीब चार महीने यह चलता रहा और मैं काका की मेहनत की कमाई में से रोज़ चुस्की का मज़ा लेता रहा। सर्दी आने को हुई तो रिक्शा छुड़ा दिया गया। उसके बाद रामउदगार काका को मैंने कभी नहीं देखा, परन्तु अपनी उदारता से वह मेरे हृदय में एक अमिट छाप छोड़ गए थे।

जब भी मुझे उस वाकृये की याद आती है तो काका का वह मुस्कुराता चेहरा, और वात्सल्य प्रेम से ओत-प्रोत उनकी आंखें मेरे सामने आ जाती हैं। आज भी उनका चेहरा स्थाई रूप से मेरे मन में विराजता है।

इसके साथ ही मेरे दिल में एक टीस सी उठती है, मैंने अपनी छोटी सी इच्छा की ख़ातिर काका के पसीने की कमाई पर डाका डाला था। मैंने तो उनकी उदारता का नाजायज़ फ़ायदा उठाया था। अब तो चाह कर भी मैं इसका प्रायश्चित नहीं कर सकता। एक ग़रीब मेहनती रिक्शावाले के त्याग का आंकलन मात्र २ रुपए करना अनुचित होगा, उनके त्याग का मूल्यांकन तो किया ही नहीं जा सकता। काश रामउदगार काका मुझे कहीं मिल जाएं तो मैं उन्हें सच्चे मन से धन्यवाद तो कर सकूं।

एक ओर तो कहां उस रईस महिला की बच्चों के प्रति दिखावटी हमदर्दी, केवल नाटकीय अंदाज़ में बोलना पर करना कुछ भी नहीं।

वहीं दूसरी ओर मेरे व्यापारी पापा जोकि अपने ज्ञान व सूझबूझ से, अपने हानि-लाभ को आधार बनाकर ही एक ग़रीब रिक्शावाले से सौदा करते हैं।

तीसरी ओर उन रामउदगार काका की उदारता, जिन्होंने एक बालक की मुराद तत्परता से पूरी की, अपनी कमाई में से २ रुपए प्रतिदिन देना सहर्ष स्वीकार कर लिया।

और चौथा मैं, इस स्थिति का जनक, जिसका ध्येय केवल स्वयं की स्वार्थ सिद्धि ही था। इन सब आर्थिक व सामाजिक विषमताओं के बीच मैं कहां खड़ा था, कभी समझ न पाया।

इन चारों पात्रों में सर्वोत्तम आचरण किसका रहा, इसका निर्णय स्वयं पाठकगण पर छोड़ना ही उचित होगा।

...........समाप्त...........

यह कहानी करीब बीस साल पुराने वाक़ऐ पर आधारित एक मध्यम वर्ग के व्यापारी परिवार के बच्चे की है। वह बालक अब युवा हो चुका है, उच्च शिक्षा प्राप्त करके व्यापार में संलग्न है और आर्थिक रूप से बहुत सक्षम है। वह अपने दिल का बोझ हल्का करना चाहते थे। अतः उनके आग्रह करने पर ही मैंने उनके दिल की पीड़ा एक कहानी के रूप में आपसे साझा करने का प्रयत्न किया है।

# रब दी मेहर

## 1

कुछ गहरी कुछ उथली झुर्रियों से भरा चेहरा और हर झुर्री में दफ़न उनके जीवन की दास्तान। उनकी आंखें अन्दर धंसी हुई ज़रुर थीं पर उम्र के इस पड़ाव पर भी बुझी सी कतई न थीं। उम्र 75-76 से कम न होगी, पर मैंने कभी पूछने की हिम्मत न की। मौसम और झुलसाने वाली गर्मी की मार झेलते-झेलते चेहरे का रंग पक गया था। छरहरा शरीर और उंची कद काठी, जवानी में अवश्य ही ग़बरु जवान रहे होंगे। नीले रंग के चैक का तहमद, मटमैला सा ढीला-ढाला कुर्ता और सिर पर सजी सफ़ेद पगड़ी उनको एक अलग ही पहचान देती थी। पोशाक बयां करती थी कि वह देश के विभाजन के चलते पश्चिमी पाकिस्तान से पलायन कर के आए थे।

कॉलोनी में स्कूटर पार्किंग के सामने कुछ ख़ाली जगह थी, वहीं पर कुछ पुरानी ईंटों का एक छोटा सा - करीब २ फ़ीट का - चट्टा बनाकर, उस ही पर उकडूं बैठते, यही उनका स्थाई ठिकाना था। धूप चढ़ने पर आस पास छांव ढूंढ कर य फिर किसी पेड़ के नीचे बैठ जाते थे। अक्सर सड़क के किनारे धीरे-धीरे सधे हुए कदमों से चहलकदमी करते थे। न कभी किसी पड़ौसी से बातचीत करते न ही खेलते-कूदते बच्चो को एक नज़र देखते भी थे। घंटों एक ही मुद्रा में बिना हिले-डुले एक तपस्वी की भांति बैठे रहते जैसे कि गहन चिन्तन-मनन में डूबे हों। राग द्वेष से मुक्त, चेहरे पर विरक्त भाव धारण किए रहते, परन्तु उनके मौन से भी एक आकर्षक व्यक्तित्व झलकता था।

उन की पुत्र-वधू दोपहर के समय घर के दरवाज़े पर लगी लोहे की ग्रिल के नीचे से भोजन की थाली सरका कर आवाज़ लगा देती थीं "पाहिया जी रोटी पा दित्ती है, चुक लओ।" पाहिया जी भोजन कर के थाली धोते और वापिस अन्दर सरका देते। सुबह शाम की चाय भी इस ही प्रकार दी जाती थी। ऐसा नहीं था कि केवल मैं ही उनकी स्थिति जानता था, गली मुहल्ले के सभी लोग जान चुके थे कि घर के बुज़ुर्गवार को बेकार समझ कर उनकी उपेक्षा और अनादर किया जा रहा था। पड़ौसी दबी ज़ुबान से उनके

पुत्र व पुत्रवधू के आचरण की भर्त्सना करते थे। उनकी दयनीय स्थिति किसी से छुपी न थी परन्तु पाहिया जी ने एक बार भी अपने पुत्र व पुत्रवधू के ख़िलाफ़ मुंह नहीं खोला।

## 2

उनका पुत्र एक सरकारी उपक्रम में क्लर्क के पद पर कार्यरत था। दिल्ली विकास प्राधिकरण द्वारा दो कमरे का छोटा सा फ़्लैट किश्तों पर आबंटित किया गया था। दिल्ली के लोगों की अनाधिकृत कब्ज़ा करने की प्रकृति के अनुकूल उन्होंने सामने की पटरी पर कब्ज़ा कर सीमेंट की चादर डाल कर पाहिया जी के लिए रैन बसेरा बना दिया। बेचारे दिन भर बाहर भटकते और रात यहीं काटते।

रोज़ सुबह ऑफ़िस जाने के समय मैं स्कूटर निकालने स्कूटर-गैरेज जाता तो पाहिया जी को उस ही ईटों के चट्टे पर शांत मुद्रा में बैठा पाता था। मैं सावधानी से उनके पास से स्कूटर निकाल कर ले जाता था। इतनी बुज़ुर्ग शख़्सियत के बराबर से बिना नमस्कार किए बस यूं ही निकल जाना मेरे अन्तर्मन को आहत करता था, सो एक दिन मैंने हाथ जोड़ नमस्कार किया तो ''नमस्ते पुत्तरजी, खुश रहो'' कहकर दोनों हाथ उठा कर पाहिया जी ने जवाब दिया। मैं बहुत प्रसन्न हुआ, आज पहली बार उनकी आवाज़ सुनने को मिली।

''ऑफ़िस विच कम करदे हो?''

''हां जी पाहिया जी, आप कैसे हैं?''

''रब दी मेहर है, रब सब नू खुश रखे।''

उनकी आँखों की गहराई में एक वेदना छिपी दिखी जो वह केवल अपने तक ही सीमित रखना चाहते थे। रोज़ सुबह उनको नमस्कार करना मेरा नियम बन गया था, शायद उन्हें भी हमारा रोज़ का यह अल्प-वार्तालाप अच्छा लगता था। मेरी बहुत इच्छा करती थी कि उनसे कुछ वार्तालाप कर उनके भीतर झांककर देख पाउं, उनके कष्ट को समझ सकूं, परन्तु एक ओर तो उनका आत्मसम्मान से भरा चेहरा और दूसरी ओर हमारी उम्र में इतना अन्तर देख मैं कभी इतना साहस न जुटा पाया।

## 3

अचानक एक दिन देखा कि ईंटों के आसन पर कुछ डबल रोटियां, बिस्कुट, अण्डे की ट्रे आदि रखे थे और पीछे पाहिया जी को खड़ा पाया।

''पाहिया जी यह तो आपने बहुत अच्छा किया, अब हमें सामान लेने दूर नहीं जाना पड़ेगा''

''जीवन है तो काम करना ही है, इक छोटी जेई शुरुआत कीति है, बाकी रब दी

मर्ज़ी।"

पाहिया जी के जीवन में नया मोड़ देख मुझे बहुत खुशी हुई। उम्र के उस पड़ाव में भला कोई नई दुकान खोलने की हिम्मत कर सकता है? सब मन ही मन उनके हौसले की दाद देते थे, बेचारे पाहिया जी दिन भर धूप में खड़े रहते। धीरे-धीरे ग्रहक आने लगे, बिक्री बढ़ने लगी तो बैठने के लिए एक स्टूल और एक बड़ी सी रंगीन छतरी भी आ गई। अब वह किराने का सामान भी रखने लगे, सब मौहल्ले वाले उनसे सामान लेने लगे तो दुकान ख़ूब चल निकली। कुछ समय बाद एक सहायक भी रख लिया गया।

अब पाहिया जी को खाने के लिए घर में बुलाया जाने लगा, कपड़े साफ़-सुथरे मिलने लगे, यूं कहो कि उनकी तो कायाकल्प ही हो गई। यदाकदा उनका पुत्र और पुत्रवधू भी दुकान के गल्ले को संभालने लगे। मैं उनके हालात और गतिविधियों को बारीकी से देखता था मानो जैसे वह मेरे किसी अध्ययन का विषय हों।

"आपने तो अपनी मेहनत से इतनी जल्दी एक दुकान खड़ी कर दी" एक दिन मैंने प्रशंसा करते हुए कहा।

मुस्कुराते हुए पाहिया जी ने कहा "पुत्तर मेरी गल याद रखना, रब दे घर देर हो सकदी है, पर मेहनत दा फल मिलदा ज़रुर है। मेहनत करोगे तां देर-सवेर रब दी मेहर होंदी ज़रुर है।"

पहली बार मैंने उनको मुस्कुराते पाया था, उनकी ऑखों में कामयाबी की चमक थी। बहुत अच्छा लगा कि उनको जीवन का आधार मिल गया था, यह देखकर बहुत संतोष हुआ कि चलो अब तो वह आराम और इज़्ज़त से बाकी की ज़िन्दगी इस दुकान के सहारे काट लेंगे।

पता चला कि पाहिया जी के बेटे को नौकरी से निष्कासित कर दिया गया। जीवन यापन का कोई अन्य साधन न हो पाया तो उसने पाहिया जी की दुकान को ही अपना ज़रिया बना लिया। चली-चलायी दुकान को अपना लिया, घर के एक कमरे की बाहरी दीवार हटा एक शटर लगाकर कमरे को दुकान में बदल दिया। किराने का सारा प्रमुख सामान पक्की दुकान के अन्दर रखा गया और दुकान धड़ल्ले से चल पड़ी। एक डैज़र्ट कूलर भी लगाया गया। अब उनके पुत्र व पुत्रवधू पूर्णरुप से दुकानदारी में जुट गए। पर यह क्या, बेचारे पाहिया जी को वापिस उस ही पटरी पर ईंटों के चट्टे पर बिठा दिया गया। दुकान के बाहर कोल्ड ड्रिंक्स व दूध के क्रेट्स, झाडू पोचा और कुछ अन्य छोटा-मोटा सामान उनके हवाले कर दिया जिसे वह खुले में पटरी पर फैला कर बेचते थे। ठीक ही तो किया, आख़िर सरकारी पटरी पर कब्ज़ा बरकरार रखना भी तो ज़रुरी

था और इस काम के लिए पाहिया जी ही उपयुक्त पाए गए। फिर से वही ईंटों का चबूतरा उनका ठिकाना बन गया । सुबह शाम स्कूटर निकालते रखते उनसे मेरी दुआ सलाम होती थी परन्तु उनके चेहरे पर वह ख़ुशी की रेखा फिर कभी न देख पाया। वह कमज़ोर होते जा रहे थे, हाल पूछने पर यही जवाब देते "रब दी मेहर है, रब सब ते मेहर रखे।" मुख पर सदैव संतोष भाव रहता था। इतना कुछ सहने के बाद भी अपने पुत्र व पुत्रवधू की कोई शिकायत नहीं की।

## 4

मैंने अपनी रिहाइश उस कॉलोनी से बदल ली थी। करीब छः माह बाद मुझे वहां जाने की आवश्यकता हुई तो दुकान के सामने से गुज़रा। पाहिया जी को बैठा न पाया तो जिज्ञासावश तुरन्त दुकान के अन्दर जा पहुंचा। दीवार पर उनका बड़ा सा फ़ोटो टंगा देख समझ गया कि पाहिया जी नहीं रहे। उनके पुत्र से पूछा "अरे पाहिया जी को क्या हुआ, कुछ समय पहले तो ठीक थे?"

"क्या बताएं साहब जी, आप तो जानते ही हैं पाहिया जी बाहर ही बैठना पसन्द करते थे। तबीयत ख़राब हुई लेकिन हमें बताया ही नहीं, हमने तो उनकी देखभाल में कोई कसर नहीं छोड़ी थी। पिछले सोमवार बाहर बैठे-बैठे अचानक कॉलेप्स कर गए, हमें तो संभालने का मौका ही नहीं मिला, बस वहीं दम तोड़ दिया। हम अस्पताल ले जाते, इलाज करवाते, पर उन्होंने सेवा का मौका ही नहीं दिया। जैसी रब दी मर्ज़ी" कह कर हाथ जोड़ दिए।

फिर एकदम दुकानदार के रुप में आकर बोले "आपको क्या सौदा लेना है जी?"

"मुझे कुछ नहीं लेना मैं तो केवल पाहिया जी का कुशल क्षेम जानने का इच्छुक था, इसलिए चला आया।"

"चलो जी हो गया त्वाडा कुशल क्षेम" साथ ही अभद्रता से दोनों हाथ ज़ोरों से पीटकर हाथ जोड़ दिए। अपने पिता की मृत्यु पर संवेदना प्रगट करने वाले से ऐसा व्यवहार पहली बार देखा था।

बाहर आकर मैं उस ईंटों के चबूतरे को निहारने लगा। क्षणभर को ऐसा आभास हुआ मानो पाहिया जी अभी भी उस ही मुद्रा में चबूतरे पर विराजमान हों। मौहल्ले में इस ही चबूतरे पर से उनकी कहानी आरम्भ हुई और अन्त भी यहीं हुआ। विधाता से पूछने को अनेक प्रश्न मेरे अन्तर्मन में बार-बार उठ रहे थे। नियति ने जीवन के अन्तिम वर्षों में क्या यही ईंटों का चट्टा उनके भाग्य में लिखा था? यहीं रहो, यहीं कर्म करो, यहीं खाओ, यहीं जियो और यहीं मरो ? क्या नियति एक कर्मठ बुर्ज़ुग के प्रति इतनी

निर्मम और क्रूर हो सकती है? वास्तव में यह क्रूरता नियति की न होकर उनके अपनों की ही थी। इन विचारों में खोया सड़क के किनारे खड़ा मैं उस चबूतरे को लम्बे समय तक देखता रहा। दुकान तो जगमगा रही थी परन्तु न जाने क्यों धुंधली सी रौशनी में वह ईंटों का चबूतरा मुझे रोता सा प्रतीत होता था। पाहिया जी की सार्वजनिक दुआ, 'रब सब पर मेहरबान रहे' उनके पुत्र को तो अवश्य लगी, परन्तु शायद रब की मेहर पाहिया जी के नसीब में नहीं थी।

- समाप्त-

# नमस्ते-नमस्ते

निजी क्षेत्र में व्यापारियों और उद्योगपतियों के लिए अपने उत्पाद के पैसे की वसूली हमेशा से ही समस्या रहती है, यदि देनदार की नीयत बिगड़ जाए, तो। इसकी वजह है लचर कानून व्यवस्था और उससे भी कहीं गई बीती अदालतों की लम्बी कानूनी प्रक्रिया। इस ही प्रकार सेवाएं प्रदान करने वालों को भी अपना मेहनताना वसूल करने में बहुत कठिनाइयां उठानी पड़ती हैं, ख़ासतौर पर जब सेवा प्रदान करने वाले ने नया-नया काम आरम्भ किया हो।

कोई भी प्रोफ़ैशनल हो, वकील, सी.ए., य फिर आरकिटैक्ट, सभी को उनकी सेवाओं की फ़ीस आसानी से नहीं मिलती क्योंकि व्यापारियों के हथकण्डे समझने में समय लगता है। फ़ीस न मिलने पर वह कोई बखेड़ा नहीं खड़ा करते, कोर्ट में जाने का तो प्रश्न ही नहीं उठता, केवल बार बार निवेदन ही करते हैं। यही वजह है कि ऐसे पेशेवर सेवाएं देने वाले अपनी फ़ीस एडवान्स मे ही लेते हैं। सेवाएं प्रदान करने के उपरान्त व्यापारी दुकानदार आदि से फ़ीस वसूल करना आसान नहीं होता है।

मैंने भी जब अपना काम शुरु किया तो अपनी फ़ीस वसूल करने में बहुत परेशानी उठानी पड़ती थी। एक फ़ैक्ट्री मालिक शिव लाल जी को बिक्रीकर के क्षेत्र में सेवाएं प्रदान करने के बाद फ़ीस का बिल भी दिया गया। आगे का कार्य भी शुरु कर दिया परन्तु उन्होंने पिछले बिल का भुगतान नहीं किया। मेरी लेनदारी केवल 600 रुपए मात्र ही थी, परन्तु मेरे लिए यह राशि बहुत अहमियत रखती थी। जब भी मैं उनको भुगतान करने को कहता, वह हमेशा कुछ न कुछ बहाना बनाकर टाल देते थे। साथ ही जल्द से जल्द भुगतान करने की तसल्ली भी दे देते थे। कभी कहते - कि आप चिन्ता न करो जी, बहुत जल्दी आपका चैक भेज दूंगा-, य फिर - बस जी अगली बार आउंगा तो चैक लेकर ही आउंगा। कभी कहते - बस जी मेरी अगली पेमेंट आते ही पहला चैक आपका, लेकिन मेरा भुगतान नहीं किया, केवल टाल-मटोल और बहानेबाज़ी करते रहे।

जब मैंने फ़ीस अदा करने के लिए ज़्यादा ज़ोर दिया तो उन्होंने मेरे पास आना ही

बन्द कर दिया। अब तो मेरी परेशानी बढ़ गई और उनकी नीयत पर मुझे सन्देह होने लगा। उनके कारख़ाने मे टैलीफ़ोन नहीं था, परन्तु उनके मकान मालिक के फ़ोन से उनसे सम्पर्क साधा जा सकता था। लिहाज़ा मैंने उनको टैलीफ़ोन से तकाज़ा करना आरम्भ करा तो कुछ समय बाद उन्होंने फ़ोन पर आना भी बन्द कर दिया।

इतना समय तो होता नहीं था कि मैं अपना काम छोड़कर उनके पास जाउं। यदि पत्र आदि भी लिखता तो भी कुछ उम्मीद न थी। मुझे उन पर क्रोध भी आता, पर मैं अपने को लाचार पा रहा था। यह भी पता चला कि उन्होंने किसी और सी.ए. से काम करवाना आरम्भ कर दिया था।

अपने हक की फ़ीस छोड़ना मुझे गवारा न था। मैंने एक किफ़ायती योजना बनाई जिससे कि उनकी बेईमानी की नीयत को उजागर कर सकूं। मैंने 30 पोस्ट कार्ड ख़रीदे जिनकी कीमत उन दिनों केवल 15 पैसे प्रति कार्ड होती थी। उन दिनों कमप्यूटर का आगमन नहीं हुआ थाा, सारा काम टाइपराइटर से ही किया जाता था। मैंने टाइपिस्ट को 30 पोस्ट कार्ड थमा दिए और कहा "यह हमें शिव लाल जी के पास भेजने हैं, इनमें से 10 कार्ड पर उनके घर का पता टाइप करिए, 10 कार्ड पर उनकी फ़ैक्ट्री का पता और बाकी के 10 कार्ड पर उनकी फ़ैक्ट्री के मकान मालिक का पता साफ़-साफ़ टाइप कीजिए।"

वह हैरान हो कर बोलीं "सर क्लाइंट को पोस्ट कार्ड भेजेंगे ? एक ही क्लाइंट को इतने सारे कार्ड? ऐसा क्यों?

"आपकी बात बिल्कुल ठीक है, लेकिन इनके लिए हमें यह तरीका ही अपनाना पड़ेगा।"

"लेकिन इस पर लिखना क्या है?"

"हां ज़रा ध्यान से सुनिए, सब कार्ड पर इस प्रकार टाइप कीजिए"

- श्री शिव लाल जी, नमस्ते, नमस्ते, नमस्ते नमस्ते ...... , इस प्रकार सम्पूर्ण पोस्ट कार्ड पर, दोनों ओर, कार्ड के अन्त तक नमस्ते, नमस्ते ही टाइप कीजिए। सबसे अन्त में लिखिए, - 600 बार नमस्ते, - और सबसे नीचे मेरा नाम, सी.ए., और हमारे ऑफ़िस का पता।"

वास्तव में ऑफ़िस में सब जानते ही थे कि शिव लाल जी लम्बे समय से बकाया फ़ीस अदा नहीं कर रहे हैं, परन्तु मैं क्या करने जा रहा था, यह उनकी समझ में नहीं आया ।

मेरी योजना के अनुसार प्रतिदिन एक कार्ड उनके घर पर, एक फ़ैक्ट्री के पते पर और तीसरा मकान मालिक के पते पर पोस्ट करने की थी। एक दिन के बाद फिर तीन

पोस्ट कार्ड भेजे जाएं। अगले दिन एक पोस्ट कार्ड घर के पते वाला और एक कारख़ाने के पते वाला। कभी सुबह की डाक से और कभी दोपहर की डाक से भेजा जाए। इस ही प्रकार बारम्बार, एक-दो दिन छोड़कर इस ही प्रक्रिया को दोहराया जाए।

अभी हमने करीब 9-10 कार्ड ही पोस्ट किए थे कि चौथे दिन ही उनका फ़ोन आया ''भाई साहब यह क्या कर दिया आपने? मेरी पत्नी, बच्चे सब पूछ रहे हैं, यह नमस्ते नमस्ते क्या है, 600 बार नमस्ते का क्या मतलब है।''

''आपको तो पता ही है, सबको बता दीजिए न कि 600 बार नमस्ते का क्या मतलब है।'' मैंने कटाक्ष करते हुए कहा।

''मेरे को तो मतलब पता है, लेकिन दूसरे लोगों को समझाना मुश्किल पड़ रहा है, यह आपने अच्छा नहीं किया। मेरा मकान मालिक भी मेरा मज़ाक बना रहा था, हंस के पूछ रहा था कि मामला क्या है।''

''और जो मुझे आप लम्बे समय से टरका रहे हैं क्या यह अच्छा कर रहे हैं आप? सबको पता तो चलना चाहिए कि आप धन्धा कैसे करते हैं। ''

''भाई साहब मैंने तो कभी मना ही नहीं किया। चलिए अब मैं आपके पास जल्दी ही आकर आपका हिसाब चुकता करता हूं''

''आपकी जल्दी तो मैं 8 महीने से देख ही रहा हूं। इतना समय हो गया और अब तो आप फ़ोन पर भी बात नहीं करते। यह कौन सा तरीका होता है व्यापार करने का? मैं 100 पोस्ट कार्ड ले आया हूं, अगली कड़ी में आपके घर के मकान मालिक, पड़ौसियों व सब जानकारों को भी ऐसे कार्ड भेजूंगा।''

''ओ नहीं बाबा नहीं, अब बहुत हो गया, मैं आज ही आता हूं, अच्छा अभी आता हूं, लेकिन और कार्ड न भेजना। मैं अभी आ रहा हूं, ठीक है?''

दोपहर बाद वह आए और दो दिन बाद का चैक दे गए जो कि पास भी हो गया। कह रहे थे ''भाई साहब आपने तो तमाशा खड़ा कर दिया। पोस्टमैन हंस रहा था, मेरी पत्नी, बेटा, बेटी सब बार-बार पूछ रहे थे, आपके कार्ड हाथ में लेकर खूब हंस रहे थे - पापा इस लैटर का क्या मतलब है? मकान मालिक भी मेरा मख़ौल कर रहा था। आपने तो मेरी ऐसी-तैसी कर दी।''

''आपने ही मुझे यह करने को मजबूर किया। यह कहां की शराफ़त है कि काम करवाने के बाद आप मेरी फ़ीस न दें और उपर से सी.ए. बदल लें?''

"चलो जी अब मैंने फ़ीस दे तो दी। यह बताइए कि आपने खुल्ला पोस्ट कार्ड क्यों भेजा, एन्वलप में डालकर भेज देते?''

“आप सब जानते हैं, पोस्ट कार्ड भेजने की वजह ही यह थी कि सब आपकी प्रकृति जान जाएं, सबके सामने आपकी कारिस्तानी का ढोल पीटा तभी तो आप आए? एन्वलप में डाल कर भेजता तो आप परवाह करते क्या?”

“आपने तो बड़े प्यार से मेरी इ़ज्जत का फ़ालूदा बना दिया, सिर्फ़ नमस्ते नमस्ते में ही सब कुछ कह दिया। बड़ा अच्छा फ़ार्मूला सिखा दिया, कभी मेरे भी काम आएगा।

“फ़ार्मूले तो मेरे पास बहुत हैं, अति होने पर ही इस्तेमाल करता हूं।”

मेरे सहायक कर्मचारी और टाइपिस्ट कुछ प्रश्न पूछने को बहुत आतुर थे, उनकी जिज्ञासा को भी शांत करना था। उन्हें मैंने इस तरह समझाया।

यह तो आप जानते ही हैं कि हमारी सेवाएं लेने के बाद शिव लाल जी की नीयत में खोट आ गया है, हमारी फ़ीस हड़पने के इरादे से मुंह छुपा रहे हैं। यदि उनकी घटिया हरकत उनके परिवार, जानकार लोगों के संज्ञान में लाई जाए तो शायद वह लज्जित हो कर सीधे रास्ते आ जाएं। पोस्ट कार्ड पर सैकड़ों बार केवल “नमस्ते नमस्ते” लिखा होने से हर किसी का ध्यान आकर्षित होना लाज़मी था। जिस किसी के भी हाथ में कार्ड आएगा, वह ज़रुर पढ़ेगा और यही मैं चाहता था। जो भी पढ़ेंगा वही शिव लाल जी से पूछेगा भी और अन्य लोगों को भी बताएगा। देख लीजिए, वह अपने सामाजिक दायरे में बदनामी के डर से ही हमारी फ़ीस का भुगतान कर गए।

“लेकिन अलग अलग डाक से क्यों?”

“अलग अलग डाक से भेजे पत्र अलग अलग समय पर ही डिलिवर होते हैं, जिससे कि भिन्न-भिन्न लोगों के हाथ में कार्ड आने की संभावना बढ़ जाती है और ज़्यादा से ज़्यादा लोगों को संदेश पहुंच जाता है। इसीलिए 30 कार्ड भेजने की योजना बनायी गई थी।”

“परन्तु ध्यान रहे, यह तरीका केवल उन लोगों पर ही कारगर होता है जो लोकलाज और बदनामी से डरते हों। चिकने घड़ों के लिए दूसरे ही तरीके अपनाए जाते हैं।

...........समाप्त............

www.ingramcontent.com/pod-product-compliance
Lightning Source LLC
LaVergne TN
LVHW052139041026
849558LV00042B/547
*9789390960163*